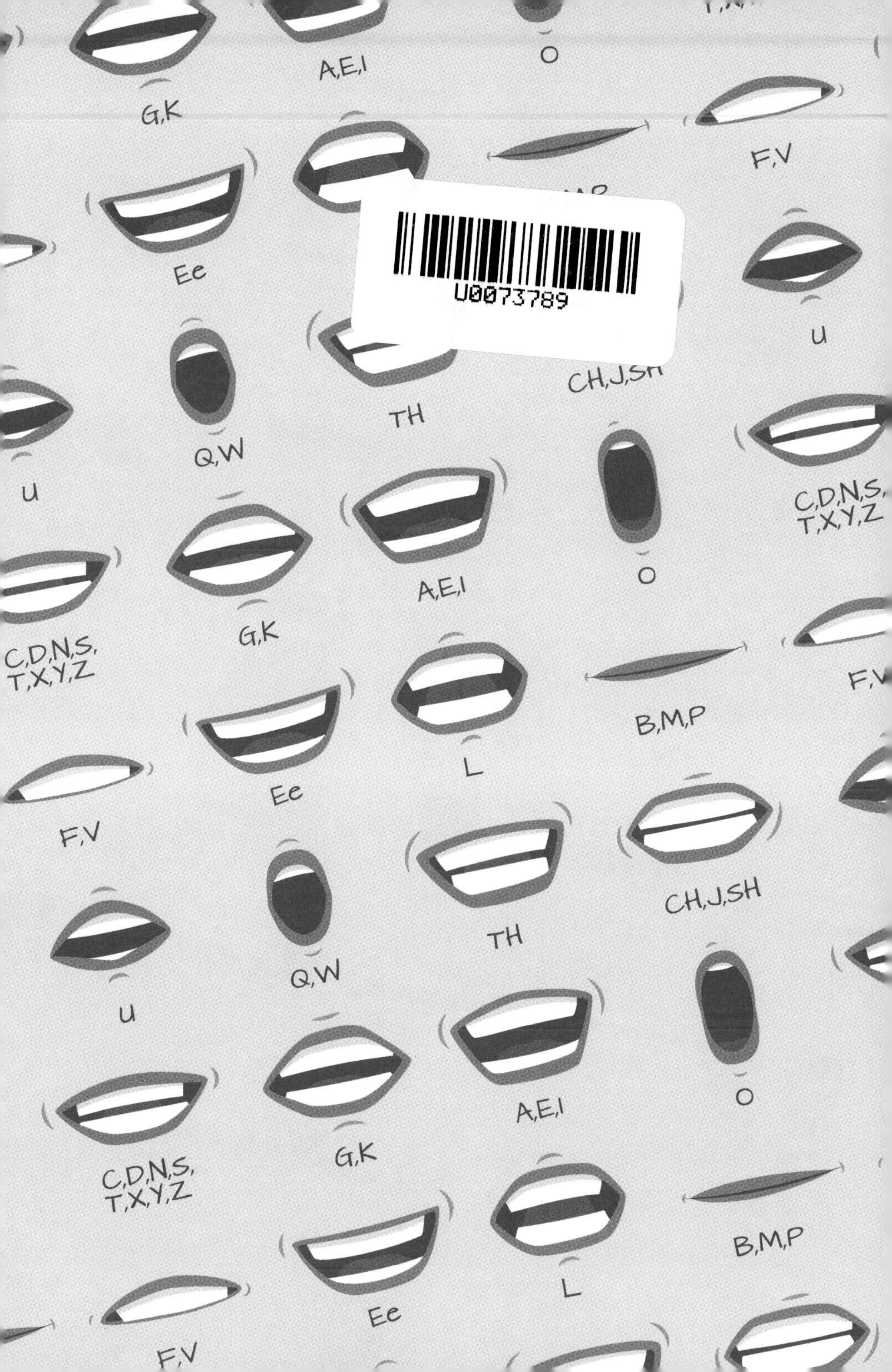

A,E,I
O
G,K
F,V
Ee
U0073789
U
CH,J,SH
TH
Q,W
U
C,D,N,S,
T,X,Y,Z
O
A,E,I
G,K
C,D,N,S,
T,X,Y,Z
B,M,P
L
Ee
F,V
CH,J,SH
TH
Q,W
U
A,E,I
O
G,K
C,D,N,S,
T,X,Y,Z
B,M,P
L
Ee
F,V

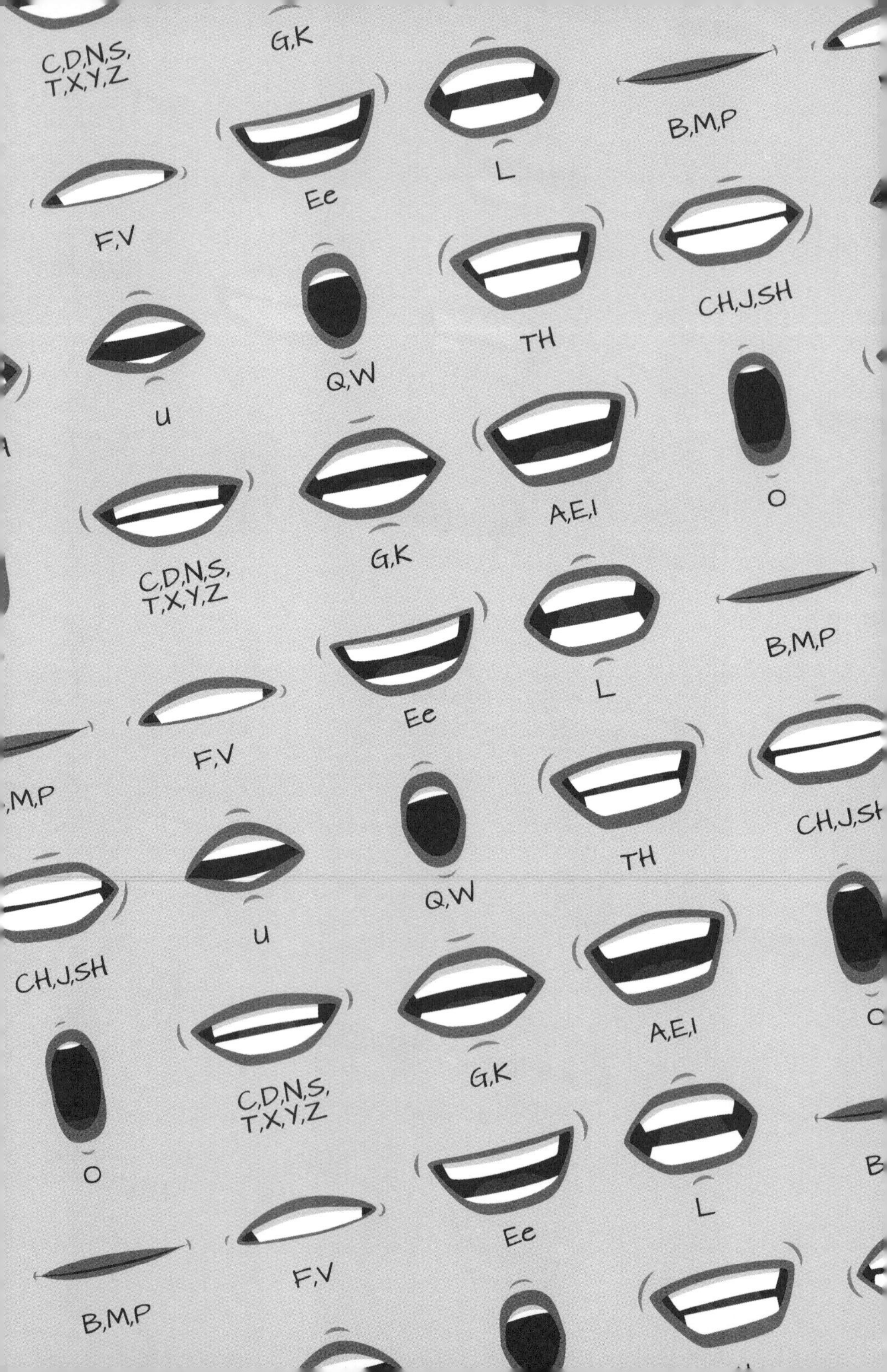

C,D,N,S,
T,X,Y,Z
G,K
L
B,M,P
Ee
F,V
CH,J,SH
TH
Q,W
u
O
A,E,I
G,K
C,D,N,S,
T,X,Y,Z
L
B,M,P
Ee
F,V
TH
Q,W
u
CH,J,SH
A,E,I
G,K
C,D,N,S,
T,X,Y,Z
O
L
Ee
F,V
B,M,P

看字讀音，聽音辨字，

學習單字更快更輕鬆！

本書使用方式

想要輕鬆就能說出一口流利的英文，卻不知道如何開始嗎？只要有這本書，讓你看字就能讀音，聽音就能迅速辨別單字！

使用說明 1

Laura 老師親錄，打造英文環境

學習語言時，環境很重要！ Laura 老師親自錄音，讓你可以身處全英文的環境，邊聽邊學，輕輕鬆鬆搞懂自然發音的法則。

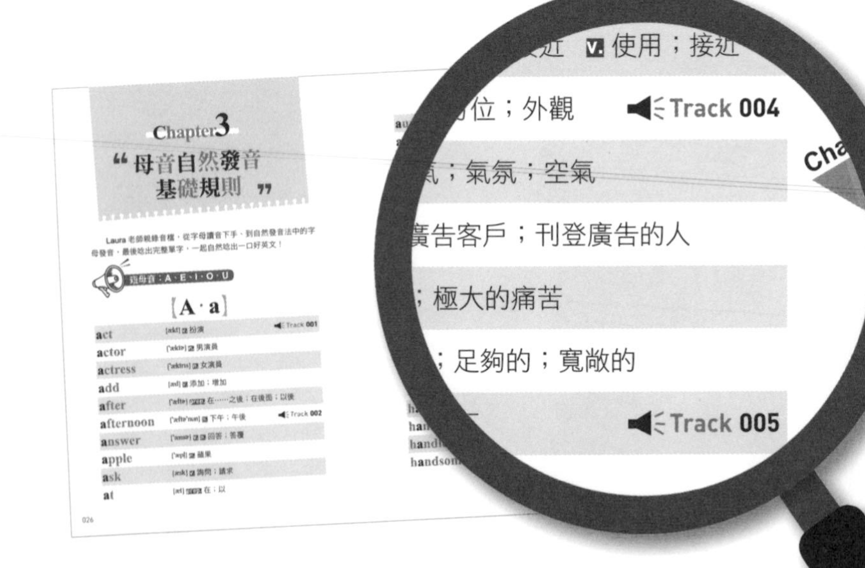

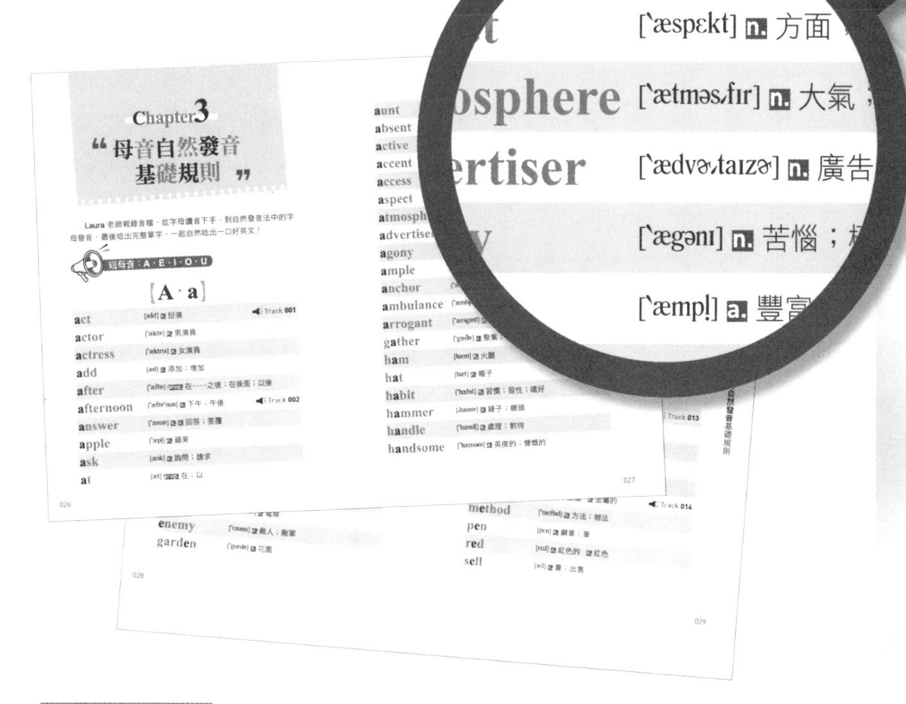

使用說明 2

看字就能讀音，隨口說英文不是夢

除了掌握自然發音技巧之外，同步附上 KK 音標，兩種發音系統雙管齊下，學習最道地、最精準的發音不是夢想！

使用說明 3

聽見單字立即理解，學習英文不再讀了就忘

學習最害怕理想很豐滿，現實太骨感，理論結合運用才能融會貫通！本書附上英聽測驗，學習完就能自我檢測，達到看字讀音、聽音辨字的境界。

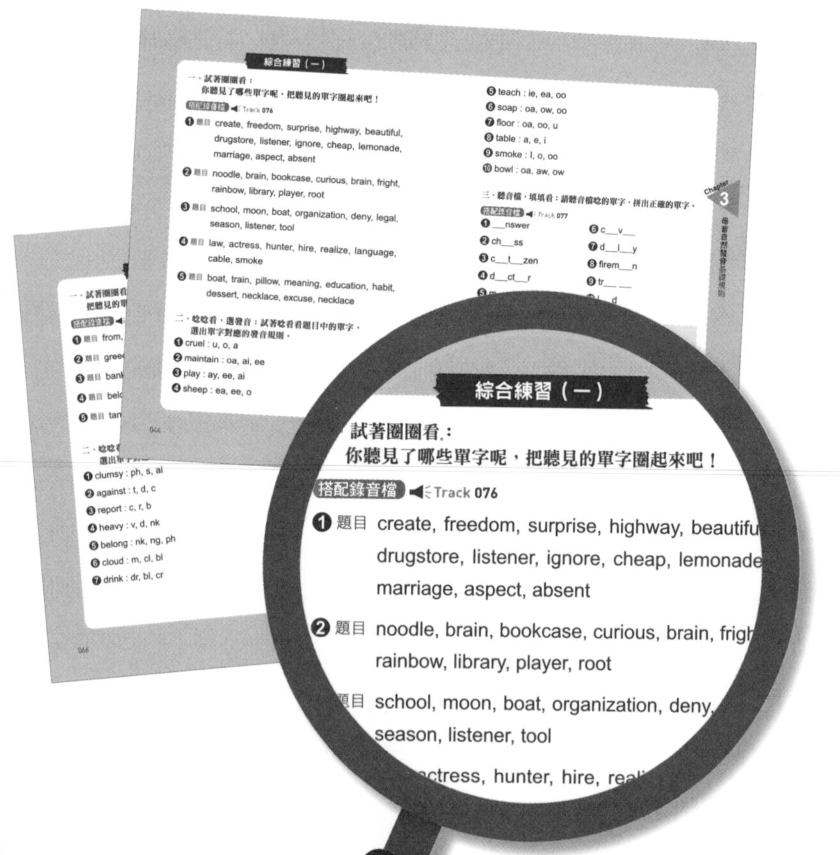
綜合練習（一）

一、試著圈圈看：
你聽見了哪些單字呢，把聽見的單字圈起來吧！

搭配錄音檔 Track 076

❶ 題目 create, freedom, surprise, highway, beautiful, drugstore, listener, ignore, cheap, lemonade, marriage, aspect, absent

❷ 題目 noodle, brain, bookcase, curious, brain, fright, rainbow, library, player, root

❸ 題目 school, moon, boat, organization, deny, legal, season, listener, tool

❹ 題目 law, actress, hunter, hire, realize, language, cable, smoke

❺ 題目 boat, train, pillow, meaning, education, habit, dessert, necklace, excuse, necklace

二、唸唸看，選發音：試著唸看看題目中的單字，
選出單字對應的發音規則。

❶ cruel : u, o, a
❷ maintain : oa, ai, ee
❸ play : ay, ee, ai
❹ sheep : ea, ee, o
❺ teach : ie, ea, oo
❻ soap : oa, ow, oo
❼ floor : oa, oo, u
❽ table : a, e, i
❾ smoke : I, o, oo
❿ bowl : oa, aw, ow

三、聽音檔，填填看：請聽音檔唸的單字，拼出正確的單字。

搭配錄音檔 Track 077

❶ __nswer
❷ ch__ss
❸ c__t__zen
❹ d__ct__r
❻ c__v__
❼ d__l__y
❽ firem__n
❾ tr__ __

Chapter 3

046

❶ clumsy : ph, s, al
❷ against : t, d, c
❸ report : c, r, b
❹ heavy : v, d, nk
❺ belong : nk, ng, ph
❻ cloud : m, cl, bl
❼ drink : dr, bl, cr

使用說明 4

實戰演練現學現賣，日常生活隨口秀

學會了英文後若毫無用武之地未免太可惜，所以本書精選日常生活中會使用的單字，並用學過的單字撰寫文章，你會發現這些單字和文章自己一定都會唸！單字平日聊天隨時可用；文章一看便能直覺反應。流利英文脫口而出，展現令人驚豔的英文能力！

Preface 前言

記得以前大一進入外文系就讀時，選修了發音聽起來格外浪漫的法文，想不到教授第一節課就下了重重馬威，帶著全班唸完法文 A-Z 的字母讀法後，自製的講義上印了兩頁的雙人對話，內容是一些簡單的自我介紹，夾雜著手機號碼、地址等資訊——教授要我們兩人一組，下週上課上台演出對話內容，不能看稿。

。

當時我真的害怕極了。剛接觸了兩個小時的法文，第二週就被要求上台背出一段完整對話，回家後不斷聽著教授的錄音檔邊喃喃自語，這樣持續了一週。隔週上台時，教授時不時重覆說，發音是一個語言的門面，剛接觸第二外語的一開始就一定要把發音練得標準，於是，就這樣，我看著台上一組又一組因為內容記不熟、發音不標準的同學被要求下台，待會再演一遍。

都說適度壓力使人成長，日後回頭看也確實感謝教授的嚴厲高標，但是學語言非得屈服在高壓下嗎？牙牙學語的幼兒剛開始學會說話時不也是先從「敢開口說」一路慢慢進步，才越說越好的嗎？

所以在這邊想鼓勵大家，剛開始學習新的語言時，可以不必求完美，但可以讓自己用對的方法做更「精準、到位」的訓練，最重要的是一定要不怕丟臉地不斷犯錯、記錄錯誤、求進步，相信在這樣的情況下，一定能有所進步！

而在學習英文發音時，什麼才是對的方法呢？到底應該採用 KK 音標還是自然發音法？想說出一口流利的英文難道只能砸大錢出國進修或奔波補習班嗎？絕對不會是這樣的！藉由這本書，希望讀者們都能認識並且善用 KK 音標和自然發音法，給自己一本書的時間，讓訓練英文發音的過程中可以走得更精準、更輕鬆，最後，期許每個人都可以在閱讀本書的過程中有所收穫，祝福大家！

Contents 目錄

Chapter4 子音自然發音基礎規則

Chapter5 小試身手：日常生活必備單字

Chapter6 學完自然發音，還有什麼該注意的？

Chapter7 現學現用，馬上挑戰

Chapter 1
認識自然發音

Chapter 1
“認識自然發音”

把英文學好，就從開口說做起！

是不是常常覺得「書到用時方恨少」呢？懼怕孩子輸在起跑點的二十一世紀父母們，一個比一個重視孩子們的競爭力，外語能力甚至被比擬為一個人所具備的國際競爭軟實力。在台灣，補習班林立街頭，英語教育被灌輸應該要「從小做起」，有很多父母也會選擇送小孩上雙語幼稚園，就這樣，從小到大，台灣小孩學了十幾年的英文，為什麼多數人始終還是沒辦法說出一口流利的英文呢？

法國哲學家培根曾説，知識就是力量，可是後來大家說，懂得「運用」知識才是真正的力量。理論和實作一直以來都是兩回事，記下了整本的英文 7000 單字甚至是例句，考試明明都拿滿分，但面對眼前活生生的外國人卻啞口無言？因為擔心自己單字介系詞用錯、句子文法不對、發音古怪有腔調，集合眾多困擾和焦慮，於是欲言又止。

尤其隨著年紀增長，人們越來越害怕經歷挫折，為了逃避失敗、避免他人對自己作出負面評價，因而自信受損，乾脆就不練習了。從根源解決問題的辦法，就是根本不踏出舒適圈，對吧？

才怪。不踏出舒適圈，不勇敢闖盪的人是永遠沒辦法達成目標的。真正優秀的學習者都不怕犯錯，他們懂得替自己首先設立合理範疇中的目標，並把學習語言當作「能力發展」的一環，語言是工具、更是溝通的媒介，語言應該要成為你我之間的橋樑，說得不好沒有關係，更重要的是，首先得跨出第一步開口勇敢說！

任何一條邁向成功的道路都不會那麼地易行，學習過程中或許可以不用努力的要求自己盡善盡美，但是一定要盡力而為，所以，接下來，就翻開這本書，跟著老師一起踏上練習英文口說的旅途吧！

自然發音是什麼？

自然發音（Phonics）是一種學習英文發音和拼字的學習方法，長期為英語系國家在進行基礎英語教學時所使用。26 個英文字母中，每個字母都有自己的唸法和「發音」，藉由熟悉自然發音的發音規則，我們可以掌握約八成的英文單字。

自然發音靠著訓練學習者熟悉發音規則，訓練學習者「看到單字能讀」及「聽到單字能夠辨識甚至拼寫」的能力。自然發音法因為適用於大部分的英文單字，因此很適合讓完全沒有基礎的初學者接觸學習，會為學習帶來偌大的成就感。

學習自然發音法時，由於強調發聲位置（嘴唇、舌頭、牙齒等器官），所以只要好好遵守著指示，就可以訓練出更標準的發音囉。

什麼時候可以開始學習自然發音法呢？

前面說過，在英語系國家中，大人剛開始訓練小朋友發音時，就是採用自然發音法。這個方法非常適合英語初學者，對於剛開始接觸英文的大人或小孩們皆然，在有限時間內記熟自然發音的大規則，就足以應付大部分的單字，因此，最小從幼稚園開始學習講話的小朋友，其實就已經可以開始接觸自然發音囉！

正確來說，接觸英文學習永遠都不嫌太早或太晚，有沒有用對的、適合自己的方法，並持之以恆的練習，才是最重要的。

KK 音標是什麼？

KK 音標是一種音標系統，在這套系統中，一系列的符號都有自己的發音方式，學習者透過熟記這些發音符號作為幫助發音的輔佐。由於 KK 音標最早出現在 1944 年所出版的一本辭典（注 1），兩位作者的姓氏皆為 K 開頭，因此後人都簡稱這套發音系統為 KK 音標。

KK 音標符號總共有 41 個，分為 17 個母音和 24 個子音。

母音（＝元音）	單母音	[i] [ɪ] [e] [ɛ] [æ] [ɑ] [o] [ɔ] [u] [ʊ] [ʌ] [ə] [ɚ] [ɝ]
	雙母音	[aɪ] [aʊ] [ɔɪ]
子音（＝輔音）	有聲子音	[b] [d] [g] [v] [z] [ð] [ʒ] [dʒ] [l] [r] [m] [n] [ŋ] [j] [w]
	無聲子音	[p] [t] [k] [f] [s] [θ] [ʃ] [tʃ] [h]

注 1：《A pronouncing dictionary of American English》，Thomas A. Knott 與 John Samuel Kenyon 合著。

到底該用 KK 音標還是自然發音法呢？

學習英文發音時，到底應該使用 KK 音標還是自然發音法，一直眾說紛紜。

其實，KK 音標和自然發音法就像兩套有關聯、卻不盡相同的發音系統，我們會稍微分析比較一下兩者的詳細優缺點，幫助大家能更瞭解兩種發音系統。

首先，稍微比較一下 KK 音標和自然發音：

KK 音標	自然發音
創造一套發音符號，和國際音標（IPA）讀法幾乎相同	利用字母本身的發音，不須額外學習新的符號
所有單字都適用	有八成的單字符合規則，但也有很多不符合規則的例外
剛接觸的學習者可能會感到混亂，有一些音標容易搞混	適合初學者，可以訓練「看字讀音」、「聽音辨字」的能力
可以知道單字重音的位置	看不出單字重音位置
無論單字長短都不是問題	適合短的單字

我們可以發現，如果同時學習兩種發音系統，不僅不衝突，更能夠相輔相成。

最理想的情況是，在剛開始學習英文時，可以先用**自然發音法做為入門**，正因為大部分的單字都符合這套規則，所以只要學習好自然發音的大規則，熟悉字母和字母間的關係，看到字能夠熟悉讀音，自然而然的就能夠看字讀音囉。

等到掌握好基本的常用單字後，就可以開始接觸一些進階的單字，可能是比較長的單字，又或者難度較高的生字，這個時候開始學習 **KK 音標作為輔佐**，善用工具讓自己在遇到不確定怎麼唸的生字時也能夠迎刃而解。

兩套看似有相同用途，用以幫助學習英文發音的系統，其實原理不同，因此很適合兩個都學習，初期先學自然發音法幫助上手，等到熟悉初步單字發音以後，再學習 KK 音標作為輔助。

Chapter 2
語言其實很科學?!

Chapter 2

“語言其實很科學?!”

什麼是 IPA ？誰用得到？

IPA 是 **I**nternational **P**honetic **A**lphabet 的縮寫，意思是「國際音標」，是一套以拉丁字母作為基礎的發音系統，由國際語音學學會所設計，根據發聲部位、語調、音節等幫助學習者在接觸新外語或調整發音時使用。

在國際音標中，有 107 個字母用來表示元音和輔音，31 個變音符號用來修飾元音和輔音，還有 19 個含超音段成分的特殊符號，雖然 IPA 提供了超過 160 個符號，但是在任何一個語言中，通常只會使用到一小部分。有時候國際語音學學會會增減、修改音標，而目前在使用 IPA 的使用者包含語言學家、語言治療專家、外語老師、翻譯人員、歌手等等。

認識國際音標表（IPA chart）

▼ 2020 年國際語音學學會於官方網站上公布的國際音標表

THE INTERNATIONAL PHONETIC ALPHABET (revised to 2020)

CONSONANTS (PULMONIC)

	Bilabial	Labiodental	Dental	Alveolar	Postalveolar	Retroflex	Palatal	Velar	Uvular	Pharyngeal	Glottal
Plosive	p b			t d		ʈ ɖ	c ɟ	k ɡ	q ɢ		ʔ
Nasal	m	ɱ		n		ɳ	ɲ	ŋ	ɴ		
Trill	ʙ			r					ʀ		
Tap or Flap		ⱱ		ɾ		ɽ					
Fricative	ɸ β	f v	θ ð	s z	ʃ ʒ	ʂ ʐ	ç ʝ	x ɣ	χ ʁ	ħ ʕ	h ɦ
Lateral fricative				ɬ ɮ							
Approximant		ʋ		ɹ		ɻ	j	ɰ			
Lateral approximant				l		ɭ	ʎ	ʟ			

Symbols to the right in a cell are voiced, to the left are voiceless. Shaded areas denote articulations judged impossible.

CONSONANTS (NON-PULMONIC)

Clicks	Voiced implosives	Ejectives
ʘ Bilabial	ɓ Bilabial	ʼ Examples:
ǀ Dental	ɗ Dental/alveolar	pʼ Bilabial
ǃ (Post)alveolar	ʄ Palatal	tʼ Dental/alveolar
ǂ Palatoalveolar	ɠ Velar	kʼ Velar
ǁ Alveolar lateral	ʛ Uvular	sʼ Alveolar fricative

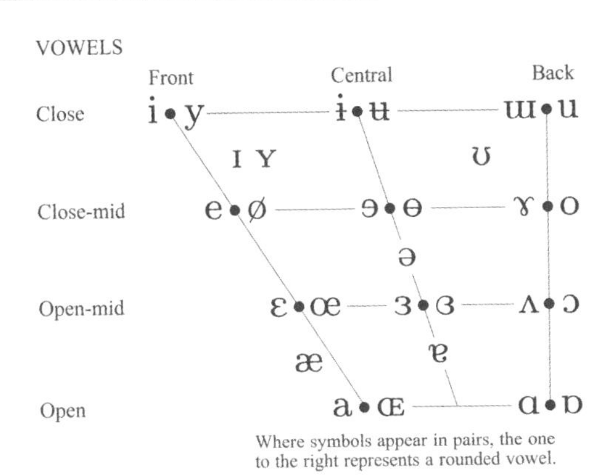

Where symbols appear in pairs, the one to the right represents a rounded vowel.

OTHER SYMBOLS

ʍ Voiceless labial-velar fricative

w Voiced labial-velar approximant

ɥ Voiced labial-palatal approximant

ʜ Voiceless epiglottal fricative

ʢ Voiced epiglottal fricative

ʡ Epiglottal plosive

ɕ ʑ Alveolo-palatal fricatives

ɺ Voiced alveolar lateral flap

ɧ Simultaneous ʃ and x

Affricates and double articulations can be represented by two symbols joined by a tie bar if necessary. t͜s k͡p

SUPRASEGMENTALS

Symbol	Name	Example
ˈ	Primary stress	ˌfoʊnəˈtɪʃən
ˌ	Secondary stress	
ː	Long	eː
ˑ	Half-long	eˑ
̆	Extra-short	ĕ
|	Minor (foot) group	
‖	Major (intonation) group	
.	Syllable break	ɹi.ækt
‿	Linking (absence of a break)	

TONES AND WORD ACCENTS

LEVEL			CONTOUR		
e̋ or	˥	Extra high	ě or	˩˥	Rising
é	˦	High	ê	˥˩	Falling
ē	˧	Mid	e᷄	˦˥	High rising
è	˨	Low	e᷅	˩˨	Low rising
ȅ	˩	Extra low	e᷈	˧˦˧	Rising-falling
↓	Downstep		↗	Global rise	
↑	Upstep		↘	Global fall	

DIACRITICS

̥	Voiceless	n̥ d̥	̤	Breathy voiced	b̤ a̤	̪	Dental	t̪ d̪
̬	Voiced	s̬ t̬	̰	Creaky voiced	b̰ a̰	̺	Apical	t̺ d̺
ʰ	Aspirated	tʰ dʰ	̼	Linguolabial	t̼ d̼	̻	Laminal	t̻ d̻
̹	More rounded	ɔ̹	ʷ	Labialized	tʷ dʷ	̃	Nasalized	ẽ
̜	Less rounded	ɔ̜	ʲ	Palatalized	tʲ dʲ	ⁿ	Nasal release	dⁿ
̟	Advanced	u̟	ˠ	Velarized	tˠ dˠ	ˡ	Lateral release	dˡ
̠	Retracted	e̠	ˤ	Pharyngealized	tˤ dˤ	̚	No audible release	d̚
̈	Centralized	ë	̴	Velarized or pharyngealized	ɫ			
̽	Mid-centralized	e̽	̝	Raised	e̝ (ɹ̝ = voiced alveolar fricative)			
̩	Syllabic	n̩	̞	Lowered	e̞ (β̞ = voiced bilabial approximant)			
̯	Non-syllabic	e̯	̘	Advanced Tongue Root	e̘			
˞	Rhoticity	ɚ a˞	̙	Retracted Tongue Root	e̙			

Some diacritics may be placed above a symbol with a descender, e.g. ŋ̊

資料來源：國際語音學學會

▼子音／輔音（肺部）

發音部位／發音方式	雙脣	唇齒	齒間	齒齦	後齒齦
爆破音	p b	ɱ		t d	
鼻音	m			n	
顫音	ʙ			r	
閃音		ⱱ		ɾ	
擦音	ɸ β	f v	θ ð	s z	ʃ ʒ
邊擦音				ɬ ɮ	
近音		ʋ		ɹ	
齒齦邊音				l	

發音部位／發音方式	捲舌	上顎	軟顎	小舌	喉嚨	聲門
爆破音	ʈ ɖ	c ɟ	k ɡ	q ɢ		ʔ
鼻音	ɳ	ɲ	ŋ	ɴ		
顫音				ʀ		
閃音	ɽ					
擦音	ʂ ʐ	ç ʝ	x ɣ	χ ʁ	ħ ʕ	h ɦ
邊擦音						
近音	ɻ	j	ɰ			
齒齦邊音	ɭ	ʎ	ʟ			

▼母音

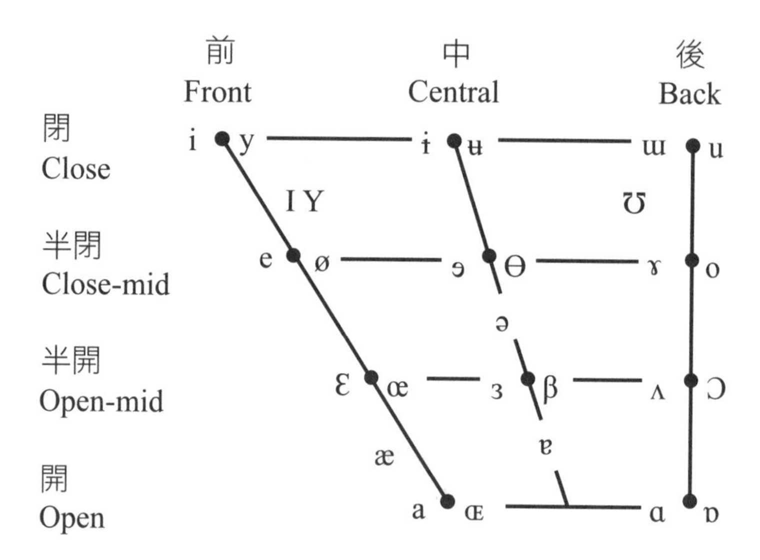

參考以上幾個表，我們可以透過活用語言學，來幫助學習英文發音喔！

Chapter 3

母音自然發音基礎規則

Chapter 3

“母音自然發音基礎規則”

Laura 老師親錄音檔，從字母讀音下手、到自然發音法中的字母發音，最後唸出完整單字，一起自然唸出一口好英文！

【A · a】

act	[ækt]	v. 扮演	Track 001
actor	[ˋæktɚ]	n. 男演員	
actress	[ˋæktrɪs]	n. 女演員	
add	[æd]	v. 添加；增加	
after	[ˋæftɚ]	prep. 在……之後；在後面；以後	
afternoon	[ˋæftɚˋnun]	n. 下午；午後	Track 002
answer	[ˋænsɚ]	v. n. 回答；答覆	
apple	[ˋæpl̩]	n. 蘋果	
ask	[æsk]	v. 詢問；請求	
at	[æt]	prep. 在；以	

aunt	[ænt]	n. 姑母；嬸嬸；舅母	Track 003
absent	[`æbsnt]	a. 缺席的；缺少的	
active	[`æktɪv]	a. 積極的；主動的	
accent	[`æksɛnt]	n. 口音；重音；強調	
access	[`æksɛs]	n. 入口；通道；接近 v. 使用；接近	
aspect	[`æspɛkt]	n. 方面；方位；外觀	Track 004
atmosphere	[`ætməs͵fɪr]	n. 大氣；氣氛；空氣	
advertiser	[`ædvɚ͵taɪzɚ]	n. 廣告客戶；刊登廣告的人	
agony	[`ægənɪ]	n. 苦惱；極大的痛苦	
ample	[`æmpl̩]	a. 豐富的；足夠的；寬敞的	
anchor	[`æŋkɚ]	n. 船錨；基石	Track 005
ambulance	[`æmbjələns]	n. 救護車	
arrogant	[`ærəgənt]	a. 傲慢的；自大的	
gather	[`gæðɚ]	v. 聚集；集合	
ham	[hæm]	n. 火腿	
hat	[hæt]	n. 帽子	Track 006
habit	[`hæbɪt]	n. 習慣；習性；嗜好	
hammer	[͵hæmɚ]	n. 錘子；榔頭	
handle	[`hændl̩]	v. 處理；對待	
handsome	[`hænsəm]	a. 英俊的；慷慨的	

jacket	[ˋdʒækɪt] n. 夾克；外套	Track 007
jam	[dʒæm] v. 塞滿；擠 n. 果醬；堵塞	
language	[ˋlæŋgwɪdʒ] n. 語言；術語	
lap	[læp] n. 腿部；下擺	
latest	[ˋletɪst] a. 最近的；最新的；最遲的	
marriage	[ˋmærɪdʒ] n. 結婚；婚姻	Track 008
mat	[mæt] n. 墊子；席子	
match	[mætʃ] n. 比賽 v. 和……相配	

【E · e】

bed	[bɛd] n. 床	Track 009
bedroom	[ˋbɛd͵rʊm] n. 臥室	
chess	[tʃɛs] n. 象棋；西洋棋	
debt	[dɛt] n. 欠債；債務	
decorate	[ˋdɛkə͵ret] v. 裝飾；裝修	
education	[͵ɛdʒʊˋkeʃən] n. 教育；修養	Track 010
element	[ˋɛləmənt] n. 元素；要素	
elevator	[ˋɛlə͵vetɚ] n. 電梯	
enemy	[ˋɛnəmɪ] n. 敵人；敵軍	
garden	[ˋgɑrdn] n. 花園	

hen	[hɛn] n. 母雞	Track 011
ketchup	[ˋkɛtʃəp] n. 番茄醬	
lemon	[ˋlɛmən] n. 檸檬	
lemonade	[ˏlɛmənˋed] n. 檸檬水	
lend	[lɛnd] v. 把……借給	
length	[lɛŋθ] n. 長度；時間的長短	Track 012
lettuce	[ˋlɛtɪs] n. 生菜	
measurable	[ˋmɛʒərəbl̩] a. 可測量的；顯著的；重要的	
medicine	[ˋmɛdəsn] n. 藥；醫學	
melody	[ˋmɛlədɪ] n. 旋律；曲調	
melon	[ˋmɛlən] n. 甜瓜	Track 013
member	[ˋmɛmbɚ] n. 成員；會員	
memory	[ˋmɛmərɪ] n. 記憶；記憶力	
menu	[ˋmɛnju] n. 菜單	
message	[ˋmɛsɪdʒ] n. 資訊	
metal	[ˋmɛtl̩] n. 金屬　a. 金屬的	Track 014
method	[ˋmɛθəd] n. 方法；辦法	
pen	[pɛn] n. 鋼筆；筆	
red	[rɛd] a. 紅色的　n. 紅色	
sell	[sɛl] v. 賣；出售	

September	[sɛp`tɛmbɚ] n. 九月	Track 015
perfect	[`pɝfɪkt] a. 完美的	
personal	[`pɝsn̩l] a. 私人的；個人的	
president	[`prɛzədənt] n. 總統；主席	

【I · i】

bill	[bɪl] n. 帳單；單據；清單	Track 016
bitter	[`bɪtɚ] a. 苦的；痛苦的	
citizen	[`sɪtəzn] n. 公民；市民	
display	[dɪ`sple] n. v. 顯示；炫耀	
distance	[`dɪstəns] n. 距離；遠方	
distant	[`dɪstənt] a. 遙遠的；陌生的；疏遠的	Track 017
disappear	[ˏdɪsə`pɪr] v. 消失；失蹤	
discuss	[dɪ`skʌs] v. 討論；談論	
director	[də`rɛktɚ] n. 導演；主管；董事	
him	[hɪm] pron. 他	
hit	[hɪt] v. 打；擊	Track 018
hill	[hɪl] n. 小山；丘陵	
ignore	[ɪg`nor] v. 不理；忽視	
ill	[ɪl] a. 有病的；壞的；有惡意的	

imagine	[ɪˋmædʒɪn] v. 想像；設想；料想	
include	[ɪnˋklud] v. 包括	Track 019
income	[ˋɪn͵kʌm] n. 收入	
increase	[ɪnˋkris] v. 增加	
independence	[͵ɪndɪˋpɛndəns] n. 獨立；自主	
indicate	[ˋɪndə͵ket] v. 指示；顯示	
industry	[ˋɪndəstrɪ] n. 工業；產業	Track 020
ink	[ɪŋk] n. 墨水	
instant	[ˋɪnstənt] a. 立即的；即時的	
international	[͵ɪntɚˋnæʃənḷ] a. 國際的	
kick	[kɪk] v. 踢	
kid	[kɪd] n. 小孩；年輕人	Track 021
kill	[kɪl] v. 殺；殺死	
king	[kɪŋ] n. 國王	
kiss	[kɪs] v. 親吻 n. 親吻	
lily	[ˋlɪlɪ] n. 百合花	
lip	[lɪp] n. 嘴唇；邊緣	Track 022
list	[lɪst] n. 目錄；名單；明細表	
lid	[lɪd] n. 蓋子	
lick	[lɪk] v. 舔；輕拍；掠過	

limit	[ˋlɪmɪt] n. 限制 v. 限制；限定	
link	[lɪŋk] v. 連接；聯繫	Track 023
liquid	[ˋlɪkwɪd] n. 液體	
listener	[ˋlɪsnɚ] n. 傾聽者；聽眾	
military	[ˋmɪlə͵tɛrɪ] a. 軍事的	
mirror	[ˋmɪrɚ] n. 鏡子	
piano	[pɪˋæno] n. 鋼琴	Track 024
picture	[ˋpɪktʃɚ] n. 照片；圖畫	
pig	[pɪg] n. 豬	
pick	[pɪk] v. 撿拾	
picnic	[ˋpɪknɪk] n. 野餐	
pigeon	[ˋpɪdʒɪn] n. 鴿子	Track 025
pillow	[ˋpɪlo] n. 枕頭	
pink	[pɪŋk] a. 粉紅色的	
rich	[rɪtʃ] a. 豐富的；富裕的	
sick	[sɪk] a. 有病的；噁心的；暈的	
simple	[ˋsɪmpḷ] a. 簡單的；單純的	Track 026
sing	[sɪŋ] v. 唱歌	
thing	[θɪŋ] n. 東西；事情	

【O．o】

doctor	[ˋdaktɚ] n. 醫生；博士	Track 027
drop	[drap] n. 滴；微量	
dot	[dat] n. 小圓點 v. 點綴	
downtown	[ˏdaʊnˋtaʊn] n. 市中心	
fog	[fag] n. 霧	
following	[ˋfaləwɪŋ] a. 接著的；下列的	Track 028
job	[dʒab] n. 工作；職業	
long	[lɔŋ] a. 長的；長久的	
monster	[ˋmanstɚ] n. 怪物	
modern	[ˋmadɚn] a. 現代的；新式的	
rock	[rak] n. 岩石；搖滾 v. 搖晃；震動	Track 029
top	[tap] a. 最高的；頂端的 n. 頂部	

【U．u】

curtain	[ˋkɝtn] n. 窗簾	Track 030
custom	[ˋkʌstəm] n. 風俗；習慣	
customer	[ˋkʌstəmɚ] n. 顧客	
run	[rʌn] v. 跑；運轉；經營	
drug	[drʌg] n. 藥；毒品	

drugstore	[ˋdrʌgˏstor] n. 藥店；雜貨店		Track 031
hum	[hʌm] v. 發出哼聲；哼曲子		
humble	[ˋhʌmbḷ] a. 謙遜的；粗陋的		
hunger	[ˋhʌŋgɚ] n. 飢餓；渴望		
hunt	[hʌnt] v. 狩獵；打獵		
hunter	[ˋhʌntɚ] n. 獵人		Track 032
hurry	[ˋhɝɪ] n. 匆忙		
judge	[dʒʌdʒ] n. 法官；裁判		
luck	[lʌk] n. 運氣；幸運		
such	[sʌtʃ] a. 這樣的；如此的		
summer	[ˋsʌmɚ] n. 夏天		Track 033
sun	[sʌn] n. 太陽		
surprise	[sɚˋpraɪz] v. 使驚奇 n. 驚喜		
button	[ˋbʌtn] n. 鈕扣；按鈕		
much	[mʌtʃ] adv. 很；非常；幾乎		
mud	[mʌd] n. 泥；泥巴		Track 034
mug	[mʌg] n. 馬克杯；一杯的量		
must	[mʌst] aux. 必須；一定		
nut	[nʌt] n. 乾果；果仁		

長母音：a,e,i,o u,ai,ay,ee,ea,ie,igh,aw,oa,ow,oo

【A・a】

baby	[ˋbebɪ]	n. 嬰兒	Track 035
cable	[ˋkebl̩]	n. 纜繩；電纜	
cave	[kev]	n. 洞穴	
game	[gem]	n. 比賽；遊戲	
male	[mel]	n. 男子；雄性動物	
mango	[ˋmæŋgo]	n. 芒果	Track 036
manner	[ˋmænɚ]	n. 禮貌；舉止；方式；習俗	
nail	[nel]	n. 指甲；釘子	
napkin	[ˋnæpkɪn]	n. 餐巾	
sale	[sel]	n. 出售；促銷	
same	[sem]	a. 相同的；同一個的	Track 037
save	[sev]	v. 拯救；節省；保存	
table	[ˋtebl̩]	n. 桌子；表格	
take	[tek]	v. 拿；取	
tale	[tel]	n. 故事；傳說	
taste	[test]	v. 品嘗 n. 味道；味覺	Track 038
paste	[pest]	n. 麵團；糊狀物 v. 黏貼；張貼	

rare [rɛr] a. 罕見的；珍貴的

【E・e】

bead	[bid]	n. 珠子；念珠	Track 039
beginner	[bɪ`gɪnɚ]	n. 初學者；新手	
besides	[bɪ`saɪdz]	adv. 此外	
beyond	[bɪ`jɑnd]	prep. 超過；越過	
cereal	[`sɪrɪəl]	n. 穀物；穀類食品	
delay	[dɪ`le]	v. 耽擱；延遲 n. 耽擱；延期	Track 040
delicious	[dɪ`lɪʃəs]	a. 美味的；可口的	
deliver	[dɪ`lɪvɚ]	v. 遞送；發表	
deny	[dɪ`naɪ]	v. 否認；拒絕給予	
department	[dɪ`pɑrtmənt]	n. 部門；科；系	
depend	[dɪ`pɛnd]	v. 依靠；取決於	Track 041
dessert	[dɪ`zɝt]	n. 甜食	
develop	[dɪ`vɛləp]	v. 發展；開發	
exact	[ɪg`zækt]	a. 確切的；精密嚴謹的	
excuse	[ɪk`skjuz]	n. 理由 v. 原諒；辯解	
exist	[ɪg`zɪst]	v. 存在；生存	Track 042
expect	[ɪk`spɛkt]	v. 預期；期待；盼望	

experience	[ɪk`spɪrɪəns] n. 經歷；經驗 v. 經歷	
explain	[ɪk`splen] v. 說明；解釋	
express	[ɪk`sprɛs] v. 表達；表示	
legal	[`lig!] a. 法定的；法律的；合法的	Track 043
leadership	[`lidəʃɪp] n. 領導能力	

【I · i】

crime	[kraɪm] n. 罪；罪行；犯罪	Track 044
crisis	[`kraɪsɪs] n. 危機；危急關頭	
dial	[`daɪəl] v. 撥號；打電話	
diary	[`daɪərɪ] n. 日記；日記本	
dinosaur	[`daɪnə͵sɔr] n. 恐龍	
giant	[`dʒaɪənt] a. 巨大的	Track 045
fireman	[`faɪrmən] n. 消防隊員	
hide	[haɪd] v. 隱藏；隱瞞	
hire	[haɪr] v. 雇傭；租用	
item	[`aɪtəm] n. 項目；商品；條款	
island	[`aɪlənd] n. 小島	Track 046
kite	[kaɪt] n. 風箏	
library	[`laɪ͵brɛrɪ] n. 圖書館	

ride	[raɪd] v. 騎乘
rice	[raɪs] n. 米；稻子
pipe	[paɪp] n. 管子；煙斗

【O・o】

holder	[ˋholdɚ] n. 持有人；支持物	Track 047
host	[host] n. 主人；主持人	
homesick	[ˋhomˏsɪk] a. 想家的；思鄉的	
lower	[ˋloɚ] v. 放下；貶低 a. 低的；下層的	
motion	[ˋmoʃən] n. 運動；動作	
motorcycle	[ˋmotɚˏsaɪkl̩] n. 摩托車	Track 048
northern	[ˋnɔrðɚn] a. 北方的；北部的	
notebook	[ˋnotˏbʊk] n. 筆記本	
nobody	[ˋnobɑdɪ] pron. 沒有人；無人	
obey	[əˋbe] v. 服從；聽從	
ordinary	[ˋɔrdnˏɛrɪ] a. 平凡的	Track 049
organ	[ˋɔrgən] n. 器官	
organization	[ˏɔrgənəˋzeʃən] n. 團體；機構；組織	
soda	[ˋsodə] n. 蘇打水；汽水	
sofa	[ˋsofə] n. 長沙發	

snow	[sno] n. 雪 v. 下雪	
smoke	[smok] n. 煙 v. 抽菸	

【U・u】

cure	[kjʊr] v. 治癒；治療	Track 050
curious	[ˋkjʊrɪəs] a. 好奇的；古怪的	
humid	[ˋhjumɪd] a. 潮濕的	
humor	[ˋhjumɚ] n. 幽默；詼諧	
juicy	[ˋdʒusɪ] a. 多汁的；利潤多的	Track 051
true	[tru] a. 真實的；真的	

【ai】

brain	[bren] n. 大腦；智力	Track 052
fail	[fel] v. 失敗	
fair	[fɛr] n. 展覽 a. 公平的	
main	[men] a. 主要的	
maintain	[menˋten] v. 保持	
rain	[ren] n. 雨 v. 下雨	Track 053
rainbow	[ˋren͵bo] n. 彩虹	

raise	[rez] v. 提高；養育；升起	
sail	[sel] v. 航行；開船	
train	[tren] n. 火車；列車 v. 訓練	
wait	[wet] v. 等；等待 n. 等候	Track 054
plain	[plen] a. 清楚的；簡單的；樸素的	

【 ay 】

gray	[gre] a. 灰色的；暗淡的	Track 055
lay	[le] v. 躺；平放	
play	[ple] v. 玩；比賽	
player	[`pleɚ] n. 比賽者；運動員	
playground	[`ple͵graʊnd] n. 操場；運動場；遊樂園	
pray	[pre] v. 祈禱；乞求	
say	[se] v. 說；講	

【 ee 】

bee	[bi] n. 蜜蜂	Track 056
beef	[bif] n. 牛肉	
beep	[bip] n. 嗶嗶聲；警笛聲	

beer	[bɪr] n. 啤酒	
beetle	[ˋbitḷ] n. 甲蟲	
deep	[dip] a. 深的	Track 057
deer	[dɪr] n. 鹿	
fee	[fi] n. 費用；酬金	
feel	[fil] v. 感覺；覺得	
feed	[fid] v. 餵養；飼養	
freedom	[ˋfridəm] n. 自由	Track 058
green	[grin] a. 綠色的；未成熟的	
keep	[kip] v. 保持；保留	
see	[si] v. 看；看見	
sheep	[ʃip] n. 綿羊	
sheet	[ʃit] n. 床單	Track 059
speech	[spitʃ] n. 演說；演講	
week	[wik] n. 星期；週	
weekend	[ˋwikˋɛnd] n. 週末	

【 ea 】

bean	[bin] n. 豆子；毫無價值的東西	Track 060
beautiful	[ˋbjutəfəl] a. 美麗的	

cheap	[tʃip] a. 便宜的	
cream	[krim] n. 奶油；乳酪	
cheat	[tʃit] n. 欺騙；騙子	Track 061
dear	[dɪr] a. 親愛的	
dream	[drim] n. 夢	
lead	[lid] v. 引導；領先；帶領	Track 062
leader	[ˋlidɚ] n. 領袖；領導者	
least	[list] n. 最小；最少	
mean	[min] v. 意味著；打算	
meat	[mit] n. 肉	Track 063
meal	[mil] n. 飯菜；飯	
meaning	[ˋminɪŋ] n. 意義；重要性	
nearby	[ˋnɪr͵baɪ] a. 附近的	
nearly	[ˋnɪrlɪ] adv. 幾乎；差不多	
neat	[nit] a. 整潔的；簡潔的	Track 064
please	[pliz] adv. 請 v. 使高興	
reach	[ritʃ] v. 到達；伸出；達成	
read	[rid] v. n. 閱讀；讀書	
reason	[ˋrizn] n. 原因；理由	Track 065
realize	[ˋrɪə͵laɪz] v. 認識；意識到；實現	

sea	[si] n. 海；海洋	
season	[ˋsizn] n. 季節；時期	
seat	[sit] n. 座位；席位	Track 066
tea	[ti] n. 茶；茶葉	
teach	[titʃ] v. 教導	
teacher	[ˋtitʃɚ] n. 老師	
weak	[wik] a. 虛弱的；無力的	

【 ie 】

lie	[laɪ] n. 謊言；假話	Track 067
quiet	[ˋkwaɪət] a. 安靜的；寧靜的；平靜的	
tie	[taɪ] v. 繫；綑綁 n. 領帶；平手	

【 igh 】

fright	[fraɪt] n. 驚駭；驚恐	Track 068
frighten	[ˋfraɪtn] v. 使驚嚇；害怕	
high	[haɪ] a. 高的	
highway	[ˋhaɪˏwe] n. 公路；大路；捷徑	
tonight	[təˋnaɪt] n. adv. 今晚	

【 aw 】

draw	[drɔ] v. 畫畫；吸引	Track 069
law	[lɔ] n. 法律；法規；規律	

【 oa 】

boat	[bot] n. 船	Track 070
goat	[got] n. 山羊	
railroad	[ˋrel͵rod] n. 鐵路	
soap	[sop] n. 肥皂	

【 ow 】

bowl	[bol] n. 碗	Track 071
bowling	[ˋbolɪŋ] n. 保齡球	
follow	[ˋfɑlo] v. 跟隨；遵循	
grow	[gro] v. 生長；增加；種植	
towards	[təˋwɔrdz] prep. 朝向；接近	

【 oo 】

book	[bʊk] n. 書		Track 072
bookcase	[ˋbʊk͵kes] n. 書櫃；書架		
cartoon	[kɑrˋtun] n. 卡通；漫畫		
food	[fud] n. 食物		Track 073
fool	[ful] n. 傻瓜 v. 愚弄；欺騙		
foot	[fʊt] n. 腳；英尺		
moon	[mun] n. 月亮；月球		
noodle	[ˋnudḷ] n. 麵條		
pool	[pul] n. 水塘；游泳池		Track 074
poor	[pʊr] a. 可憐的；貧窮的		
roof	[ruf] n. 屋頂；頂部		
room	[rum] n. 房間；空間		
rooster	[ˋrustɚ] n. 公雞		
root	[rut] n. 根源；起源		Track 075
school	[skul] n. 學校；學院		
tool	[tul] n. 工具；手段		
wood	[wʊd] n. 木材；木頭		
zoo	[zu] n. 動物園		

綜合練習（一）

一、試著圈圈看：你聽見了哪些單字呢，把聽見的單字圈起來吧！

搭配錄音檔 Track 076

❶ 題目 create, freedom, surprise, highway, beautiful, drugstore, listener, ignore, cheap, lemonade, marriage, aspect, absent

❷ 題目 noodle, brain, bookcase, curious, brain, fright, rainbow, library, player, root

❸ 題目 school, moon, boat, organization, deny, legal, season, listener, tool

❹ 題目 law, actress, hunter, hire, realize, language, cable, smoke

❺ 題目 boat, train, pillow, meaning, education, habit, dessert, necklace, excuse, necklace

二、唸唸看，選發音：試著唸看看題目中的單字，選出單字對應的發音規則。

❶ cruel : u, o, a

❷ maintain : oa, ai, ee

❸ play : ay, ee, ai

❹ sheep : ea, ee, o

❺ teach : ie, ea, oo

❻ soap : oa, ow, oo

❼ floor : oa, oo, u

❽ table : a, e, i

❾ smoke : I, o, oo

❿ bowl : oa, aw, ow

三、聽音檔，填填看：請聽音檔唸的單字，拼出正確的單字。

搭配錄音檔 Track 077

❶ ___nswer

❷ ch___ss

❸ c___t___zen

❹ d___ct___r

❺ m___d

❻ c___v___

❼ d___l___y

❽ firem___n

❾ tr___ ___

❿ l___d

ANSWER

一、

1. freedom, drugstore, ignore, marriage, absent
2. bookcase, curious, fright, library, player
3. listener, boat, tool, deny, legal
4. hunter, cable, actress, language, law
5. excuse, dessert, pillow, habit, education

二、

1. u 2. ai 3. ay 4. ee 5. ea 6. oa 7. oo 8. a 9. o 10. ow

三、

1. answer 2. chess 3. citizen 4. doctor 5. mud
6. cave 7. delay 8. fireman 9. true 10. lead

Chapter 4
子音自然發音基礎規則

Chapter 4
“子音自然發音基礎規則”

Laura 老師親錄音檔，從字母讀音下手、到自然發音法中的字母發音，最後唸出完整單字，一起自然唸出一口好英文！

【B · b】

abide [ə`baɪd] v. 遵守；忍受；堅持 Track 078

abrupt [ə`brʌpt] a. 突然的；意外的

ambiguous [æm`bɪgjʊəs] a. 模稜兩可的；含糊不清的

ambulance [`æmbjələns] n. 救護車

betray [bɪ`tre] v. 背叛；辜負；洩露

barbershop [`bɑrbɚ,ʃɑp] n. 理髮店 Track 079

bizarre [bɪ`zɑr] a. 奇異的；怪誕的

barefoot [`bɛr,fʊt] a. 赤腳的

carbon	[ˋkɑrbən] n. 碳	
deliberate	[dɪˋlɪbərɪt] v. 考慮；商討 a. 故意的；慎重的	
embrace	[ɪmˋbres] v. 擁抱	Track 080
edible	[ˋɛdəbl̩] a. 可以吃的；可食用的	
embark	[ɪmˋbɑrk] v. 著手；開始做；上船	
feeble	[fibl̩] a. 虛弱的；無效的	
oblong	[ˋɑblɔŋ] a. 長方形的；矩形的 n. 長方形	
stumble	[ˋstʌmbl̩] v. 絆倒；蹣跚 n. 絆倒；錯誤	Track 081
submit	[səbˋmɪt] v. 提交；服從；主張	
substitute	[ˋsʌbstəˏtjut] v. 代替、替代	
tribute	[ˋtrɪbjut] n. 貢獻；供品	

【P · p】

apartment	[əˋpɑrtmənt] n. 公寓；房間；套房	Track 082
apron	[ˋeprən] n. 圍裙；停機坪	
appetite	[ˋæpəˏtaɪt] n. 胃口；嗜好	
company	[ˋkʌmpənɪ] n. 公司；陪伴	
complain	[kəmˋplen] v. 抱怨，控訴	
display	[dɪˋsple] n. v. 顯示；炫耀	Track 083

envelope	[ˋɛnvə͵lop] n. 信封	
expect	[ɪkˋspɛkt] v. 預期；期待；盼望	
experience	[ɪkˋspɪrɪəns] n. 經歷；經驗	
grape	[grep] n. 葡萄；葡萄酒	
pack	[pæk] n. 包裝；背包 v. 包裝	Track 084
painful	[ˋpenfəl] a. 疼痛的；令人不快的	
panda	[ˋpændə] n. 熊貓	
pineapple	[ˋpaɪn͵æpḷ] n. 鳳梨	

【 c（有聲） 】

across	[əˋkrɔs] prep. 橫越；在對面	Track 085
action	[ˋækʃən] n. 行為；行動；措施	
back	[bæk] n. 背部 adv. 向後地	
basic	[ˋbesɪk] a. 基本的；基礎的	
block	[blɑk] n. 街區 v. 堵塞；攔阻	
camel	[ˋkæmḷ] n. 駱駝	Track 086
coast	[kost] n. 海岸；海濱	
common	[ˋkɑmən] a. 普通的；共同的	

duck	[dʌk] n. 鴨肉；鴨	
factory	[ˋfæktərɪ] n. 工廠；製造廠	
neck	[nɛk] n. 脖子	Track 087
October	[ɑkˋtobɚ] n. 十月	
pocket	[ˋpɑkɪt] n. 袋子；口袋	

【 c（無聲） 】

cent	[sɛnt] n. 分；分幣	Track 088
city	[ˋsɪtɪ] n. 城市；都市	
dance	[dæns] v. 跳舞 n. 舞	
December	[dɪˋsɛmbɚ] n. 十二月	
decide	[dɪˋsaɪd] v. 決定，決心	
officer	[ˋɔfəsɚ] n. 軍官；高級職員	Track 089
once	[wʌns] adv. 一次；曾經 conj. 一旦；一經	
pencil	[ˋpɛnsḷ] n. 鉛筆	
piece	[pis] n. 一個；一塊；一張	

【 g（有聲） 】

general	[ˋdʒɛnərəl] a. 普遍的；一般的	Track 090
giraffe	[dʒəˋræf] n. 長頸鹿	
refrigerator	[rɪˋfrɪdʒəˏretɚ] n. 冰箱	
region	[ˋridʒən] n. 地區；地帶；區域	
stage	[stedʒ] n. 階段；舞台 v. 組織；籌畫	
tangerine	[ˋtændʒəˏrin] n. 橘子；橘子樹	Track 091
teenager	[ˋtinˏedʒɚ] n. 青少年	

【 g（無聲） 】

give	[gɪv] v. 給予；提供	Track 092
glove	[glʌv] n. 手套	
goal	[gol] n. 目標；球門；得分數	
greedy	[ˋgridɪ] a. 貪婪的	
jog	[dʒɑg] n. v. 慢跑	
progress	[prəˋgrɛs] n. 進展 v. 前進；進行	Track 093
single	[ˋsɪŋg!] a. 單一的；單個的	
target	[ˋtɑrgɪt] n. 目標；物件；靶子	

【D · d】

adult [ə`dʌlt] a. 成年的；成熟的 Track 094

body [`bɑdɪ] n. 身體；主體

bread [brɛd] n. 麵包；生計

building [`bɪldɪŋ] n. 建築物；大樓

candy [`kændɪ] n. 糖果；糖

dove [dʌv] n. 鴿子

good [gʊd] a. 好的；優秀的 n. 善行；好處

【T · t】

against [ə`gɛnst] prep. 違反；背逆 Track 095

almost [`ɔl͵most] adv. 幾乎；差不多

beauty [`bjutɪ] n. 美麗；美人

bite [baɪt] v. 咬；叮

bit [bɪt] n. 一點；一些

boat [bot] n. 船；艇 Track 096

cat [kæt] n. 貓；貓科動物

date [det] n. 日期；約會

ghost [gost] n. 鬼魂；幽靈

light	[laɪt] n. 光；燈光 v. 燃燒；點燃 a. 輕的；淺色的；明亮的
past	[pæst] a. 以前的 n. 過去；以前 prep. 晚於；在……之後 Track 097
report	[rɪˋport] v. 報告；報導 n. 報告書；新聞報導

【F · f】

chief	[tʃif] a. 主要的 n. 首領 Track 098
coffee	[ˋkɔfɪ] n. 咖啡
fall	[fɔl] v. 落下；跌倒
false	[fɔls] a. 錯誤的；假的
fill	[fɪl] v. 裝滿；填充 Track 099
half	[hæf] n. 一半 a. 一半的
knife	[naɪf] n. 刀
scarf	[skɑrf] n. 圍巾；披巾

【V‧v】

Track 100

cover	[ˋkʌvɚ] v. 蓋；包括 n. 封面	Track 100
driver	[ˋdraɪvɚ] n. 司機	
heavy	[ˋhɛvɪ] a. 重的；沉重的	
leave	[liv] v. 離開；出發	
move	[muv] v. 搬動；移動 n. 行動；舉動	
receive	[rɪˋsiv] v. 接到；收到	

【S‧s】

rise	[raɪz] v. 上升；升起；起立 n. 增加；上升；加薪	Track 101
satisfactory	[ˏsætɪsˋfæktərɪ] a. 令人滿意的	
scatter	[ˋskætɚ] v. 散開；撒	
significant	[sɪgˋnɪfəkənt] a. 重要的；有意義的	
sip	[sɪp] v. 啜飲；小口喝	
sincere	[sɪnˋsɪr] a. 真誠的；真實的	Track 102
stare	[stɛr] v. 盯著看；凝視 n. 凝視；注視	
strength	[strɛŋθ] n. 強度；力量	
tourist	[ˋtʊrɪst] n. 遊客；觀光客	
universe	[ˋjunəˏvɝs] n. 宇宙	

【Z · z】

zipper	[ˋzɪpɚ] n. 拉鍊	Track 103
zone	[zon] n. 地區；地帶	
apologize	[əˋpɑlə͵dʒaɪz] v. 道歉	
civilization	[͵sɪvl̩əˋzeʃən] n. 文明；文化	
doze	[doz] v. 打瞌睡 n. 瞌睡	
horizon	[həˋraɪzn] n. 地平線；眼界；見識	

【L · l】

absolute	[ˋæbsə͵lut] a. 確切的；絕對的	Track 104
applicant	[ˋæpləkənt] n. 申請人；報名者；應徵者	
celebration	[͵sɛləˋbreʃən] n. 慶典；慶祝	
clash	[klæʃ] v. 衝突；牴觸 n. 衝突；不協調	
delight	[dɪˋlaɪt] n. 高興；快樂 v. 使高興；使欣喜	Track 105
elastic	[ɪˋlæstɪk] a. 彈性的；靈活的 n. 橡皮圈；鬆緊帶	

landscape	[ˋlændˏskep] n. 風景；景色	
largely	[ˋlɑrdʒlɪ] adv. 大部分；主要地	

【M · m】

abdo**m**en	[ˋæbdəmən] n. 腹部	Track 106
acade**m**ic	[ˏækəˋdɛmɪk] a. 學院的；學術的	
cli**m**ax	[ˋklaɪmæks] n. 高潮；頂點	
da**m**p	[dæmp] a. 潮濕的；有濕氣的	Track 107
eli**m**inate	[ɪˋlɪməˏnet] v. 消除；根除；淘汰	
e**m**barrass	[ɪmˋbærəs] v. 使尷尬；使為難	
i**m**aginary	[ɪˋmædʒəˏnɛrɪ] a. 想像的；虛構的	

【N · n】

ci**n**ema	[ˋsɪnəmə] n. 電影院；電影	Track 108
de**n**se	[dɛns] a. 密集的；稠密的	
eco**n**omic	[ˏikəˋnɑmɪk] a. 經濟學的；有利可圖的	
e**n**close	[ɪnˋkloz] v. 圍住；包住；附上	
ge**n**eration	[ˏdʒɛnəˋreʃən] n. 一代人；繁殖；產生	
harmo**n**ica	[hɑrˋmɑnɪkə] n. 口琴	Track 109

negotiate	[nɪˋgoʃɪˏet] v. 協商；談判	
nationality	[ˏnæʃəˋnælətɪ] n. 國籍；民族	

【R · r】

admiration	[ˏædməˋreʃən] n. 欽佩；讚賞	Track 110
aggressive	[əˋgrɛsɪv] a. 侵略的；好戰的；有進取心的	
bankrupt	[ˋbæŋkrʌpt] a. 破產的 v. 使破產	
calorie	[ˋkælərɪ] n. 卡路里；卡	
clarify	[ˋklærəˏfaɪ] v. 澄清；闡明；淨化	
decrease	[ˋdikris] v. 減少；減小	
grapefruit	[ˋgrepˏfrut] n. 柚子；葡萄柚	

【 ph 】

elephant	[ˋɛləfənt] n. 大象	Track 111
photograph	[ˋfotəˏgræf] n. 照片	
photographer	[fəˋtɑgrəfɚ] n. 攝影師	

【 ng 】

belong	[bəˋlɔŋ] v. 屬於；附屬	Track 112
rectangle	[rɛkˋtæŋg!] n. 長方形；矩形	
bang	[bæŋ] v. 重擊；發出巨響	

【 nk 】

bank	[bæŋk] n. 銀行；岸	Track 113
blank	[blæŋk] v. 使無效；放空 n. 空白	
frank	[fræŋk] a. 坦白的；直率的	
ink	[ɪŋk] n. 墨水	
tank	[tæŋk] n. 坦克；箱；罐	

混合子音：bl,cl,fl,gl,pl,sl,br,cr,dr,fr

【 bl 】

black	[blæk] a. 黑色的；黑暗的 n. 黑色	Track 114
blood	[blʌd] n. 血；血液	

blow	[blo] v. 吹
blue	[blu] a. 藍色的 n. 藍色

【 cl 】

class	[klæs] n. 班級；等級；階級	Track 115
clean	[klin] a. v. 乾淨的；清潔的	
clear	[klɪr] a. 清楚的；明白的	
climb	[klaɪm] v. 攀爬	
clock	[klɑk] n. 時鐘	
close	[klos] a. 近的；緊密的 v. 關閉；結束	
cloud	[klaʊd] n. 雲；陰影	

【 fl 】

floor	[flor] n. 地板；樓層	Track 116
flower	[ˋflaʊɚ] n. 花	
fly	[flaɪ] n. 蒼蠅 v. 飛	

【 gl 】

glad	[glæd] a. 高興的；樂意的	Track 117
glass	[glæs] n. 玻璃；玻璃杯	

【 pl 】

place	[ples] n. 地方；地點	Track 118
plan	[plæn] n. 計畫；打算；方案 v. 計畫；策畫	
plant	[plænt] n. 植物；設備；工廠 v. 種植；播種	
playground	[`ple͵graʊnd] n. 操場；遊樂場；遊樂園	

【 sl 】

sleepy	[`slipɪ] a. 想睡覺的	Track 119
slender	[`slɛndɚ] a. 苗條的；修長的	
slide	[slaɪd] v. 滑動；下滑	
slim	[slɪm] a. 苗條的；微小的	
slipper	[`slɪpɚ] n. 拖鞋	
slave	[slev] n. 奴隸	Track 120

sleeve	[sliv] n. 袖子	
slice	[slaɪs] n. 薄片；部分 v. 把……切成薄片	
slope	[slop] n. 坡度；斜坡	

【 br 】

brave	[brev] a. 勇敢的；無畏的	Track 121
break	[brek] v. 打破 n. 休息	
breakfast	[ˋbrɛkfəst] n. 早餐；早飯	
bridge	[brɪdʒ] n. 橋；橋牌	
bright	[braɪt] a. 明亮的；聰明的	Track 122
bring	[brɪŋ] v. 帶出；引來	
brother	[ˋbrʌðɚ] n. 兄弟；同胞	
brown	[braʊn] n. 棕色 a. 棕色的	

【 cr 】

crow	[kro] n. 烏鴉	Track 123
cry	[kraɪ] v. 哭；叫喊	

【 dr 】

draw	[drɔ] v. 畫；吸引	Track 124
dream	[drim] n. 夢；夢想 v. 做夢	
drink	[drɪŋk] n. 飲料 v. 喝；飲	

【 fr 】

free	[fri] a. 免費的；自由的	Track 125
fresh	[frɛʃ] a. 新鮮的；清新的	
Friday	[ˋfraɪˏde] n. 星期五	
friend	[frɛnd] n. 朋友	
frog	[frɑg] n. 青蛙	
from	[frɑm] prep. 出自；來自；從	
front	[frʌnt] n. 正面；前面 a. 前面的	

綜合練習（二）

一、試著圈圈看：你聽見了哪些單字呢，把聽見的單字圈起來吧！

搭配錄音檔 Track 126

❶ 題目 from, scatter, fresh, leave, black, slow

❷ 題目 greedy, teenager, dry, glass, link, photogragh

❸ 題目 bank, elastic, cry, jog, fly

❹ 題目 belong, clock, slender, slim, playground

❺ 題目 tank, abide, zipper, decrease, candy, cinema

二、唸唸看，選發音：試著唸看看題目中的單字，選出單字對應的發音規則。

❶ clumsy : ph, s, ai

❷ against : t, d, c

❸ report : c, r, b

❹ heavy : v, d, nk

❺ belong : nk, ng, ph

❻ cloud : m, cl, bl

❼ drink : dr, bl, cr

三、聽音檔，填填看：請聽音檔唸的單字，拼出正確的單字。

搭配錄音檔 Track 127

❶ _ar_ershop

❷ _ent

❸ _iraffe

❹ scar_

❺ hori_on

❻ cla_ify

❼ ci_ema

❽ __esh

❾ _lave

❿ touri_t

ANSWER

一、

1. from, slow, black
2. dry, glass, photogragh
3. bank, fly, cry
4. playground, slender, clock
5. zipper, decrease, cinema

二、

1. s 2. t 3. r 4. v 5. ng 6. cl 7. dr

三、

1. barbershop 2. cent 3. giraffe 4. scarf 5. horizon
6. clarify 7. cinema 8. fresh 9. slave 10. tourrist

Chapter 5
小試身手：日常生活必備單字

Chapter 5

“小試身手：日常生活必備單字”

Laura 老師親錄音檔，從自然發音法中的字母發音下手，再唸出完整單字，一起自然唸出一口好英文！

跟著音檔，試著學習唸唸看下面的單字吧！

beneficial [͵bɛnə`fɪʃəl] a. 有利的；有益的 Track 128

caretaker [`kɛr͵tekɚ] n. 看門人；守護者

contagious [kən`tedʒəs] a. 有傳染性的

despair [dɪ`spɛr] n. v. 絕望

disbelief [͵dɪsbə`lif] n. 不相信；懷疑

dough [do] n. 麵團 Track 129

enterprise [`ɛntɚ͵praɪz] n. 企業；事業；進取心

erupt [ɪ`rʌpt] v. 爆發；噴出

fascinate	[ˋfæsn͵et] v. 使著迷；入迷	
heighten	[ˋhaɪtn] v. 提高；加強	
homosexual	[͵homəˋsɛkʃʊəl] a. 同性戀的 n. 同性戀者	Track 130
immense	[ɪˋmɛns] a. 巨大的；極好的	
juvenile	[ˋdʒuvən!] a. 少年的 n. 少年	
lofty	[ˋlɔftɪ] a. 高的；崇高的	
manifest	[ˋmænə͵fɛst] a. 顯然的；明白的 v. 顯示；表明	
marine	[məˋrin] a. 海的；航海的	Track 131
notable	[ˋnotəb!] a. 顯著的；著名的 n. 名人；顯要人物	
parlor	[ˋpɑrlɚ] n. 客廳；會客室	
particle	[ˋpɑrtɪk!] n. 粒子；微粒	
qualify	[ˋkwɑlə͵faɪ] v. 使具有資格	Track 132
quiver	[ˋkwɪvɚ] v. 顫動；抖動	
quest	[kwɛst] n. v. 追求；尋找	
reckless	[ˋrɛklɪs] a. 魯莽的；粗心大意的	
reckon	[ˋrɛkən] v. 認為；估計	

跟著音檔，試著學習唸唸看下面的單字吧！

cellar	[ˋsɛlɚ] n. 地下室	Track 133
exceptional	[ɪkˋsɛpʃənḷ] a. 優越的；例外的	
feminine	[ˋfɛmənɪn] a. 女性的；嬌柔的	
frontier	[frʌnˋtɪr] n. 邊境；邊疆	
indignant	[ɪnˋdɪgnənt] a. 憤怒的；憤慨的	Track 134
initiate	[ɪˋnɪʃɪt] v. 開始；發起	
jaywalk	[ˋdʒeˏwɔk] v. 擅自亂穿越馬路	
journalist	[ˋdʒɝnəlɪst] n. 新聞工作者；記者	
knowledgeable	[ˋnɑlɪdʒəbḷ] a. 知識淵博的；有見識的	
lieutenant	[luˋtɛnənt] n. 陸軍中尉；海軍上尉	Track 135
midst	[mɪdst] n. 中部；中間	
minimal	[ˋmɪnəməl] a. 最小的；最低限度的	
nominate	[ˋnɑməˏnet] v. 提名；任命	
oasis	[oˋesɪs] n. 綠洲；舒適的地方	
obstinate	[ˋɑbstənɪt] a. 頑固的；倔強的	Track 136

patriot	[ˋpetrɪət] n. 愛國者	
pessimism	[ˋpɛsəmɪzəm] n. 悲觀；悲觀主義	
pledge	[plɛdʒ] v. 發誓；保證；典當	
sergeant	[ˋsɑrdʒənt] n. 軍官；警官	Track 137
skeleton	[ˋskɛlətn] n. 骨骼；骨架；綱要	
sympathize	[ˋsɪmpəˏθaɪz] v. 同情；憐憫	

Chapter 6

學完自然發音，還有什麼該注意的？

Chapter 6

“學完自然發音，還有什麼該注意的？”

一些例外：為什麼前面學的規則這裡不適用呢？

一、英文的字源來自多種語言

英文單字來源受到多種語言影響，包括法語、拉丁語、古英語、希臘語等等，借用外來語的過程中，因為拼寫並不嚴格遵守發音規則，並且有時沿用原語言之唸法，因此，英文中有許多單字的發音和拼寫會出現很大的差異。

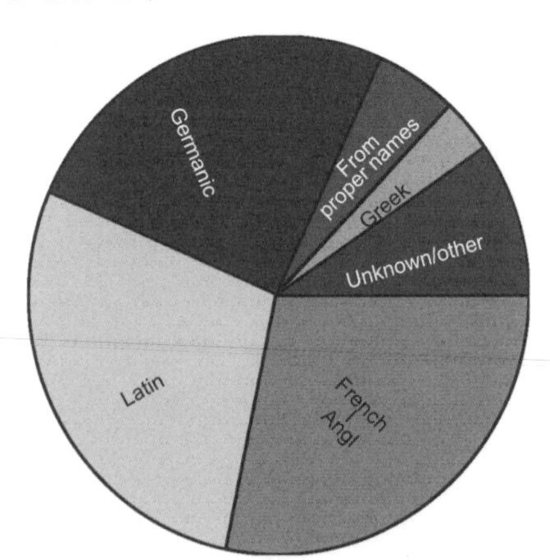

英文字的來源（來源：維基百科）

比如說，café 這個字讀作 [kəˋfe]，通常按照自然發音的規則，字尾的 e 不會發音，但是這個字原本是法文，因此就不遵守自然發音的規則。

二、地區口音差異

英文是全世界最多國家的官方語言，也是世界上母語人口第三多的語言，但隨著地區的差異，衍生出了不同的口音差異，我們常聽到的「美式英語」、「英國腔」、「澳洲腔」等，就是在描述各地區的發音差異。

口音的差異通常表現在母音上，這邊也推薦大家一個實用的網站：YouGlish。

在這個網站上，只要輸入一個單字，就可以聽到同一個單字在美國、英國、澳洲腔調的英文中，各自有什麼樣的發音。

併用 KK 音標和自然發音法

這裡替讀者們下個結論：KK 音標和自然發音法都一起學習吧！

英語系國家的小朋友可以採用自然發音法學習英文有很大一部分的原因在於：小朋友原本就會說英文，因此在接觸自然發音法的時候，只需要大人從旁協助就可以順利學習，而不需要太多提示。對非英語國家的英語學習者來說，用自然發音學習英文時，因為身邊沒有全英文環境，因此學習英文發音時會非常仰賴教學者的發音，此時，如果老師的發音不準確，又沒有借助音標的學習來幫忙確認是否發音正確，就會學到不標準的英語發音。

因此建議大家，在學習英文這樣發音規則有許多例外的語言時，最好可以一併學習音標系統以幫助學習、作為輔助。剛開始接觸時，因為大部分的單字皆符合發音規則，所以可以先利用自然發音法，等到累積的單字量到了一定程度，就可以開始學習 KK 音標系統，來幫助自己學習規則以外的單字，以及確定自己都可以正確發音出所有英文單字。

Chapter 7

現學現用，馬上挑戰

Chapter 7

“現學現用，馬上挑戰”

學會了自然發音之後，要能夠融會貫通。來試著唸唸看以下的單字吧！這些都是生活上很常用到的單字，學會這些單字，看電影和文章就會容易許多！

【A · a】

a	[ə] art. 一個	Track 138
a.m	[ˋɛˋzm] adv. 上午	
abdomen	[ˋæbdəmən] n. 腹部	
abide	[əˋbaɪd] v. 遵守；忍受；堅持	
about	[əˋbaʊt] prep. 關於；對於	
abrupt	[əˋbrʌpt] a. 突然的；意外的	Track 139
absent	[ˋæbsnt] a. 缺席的；缺少的	
absolute	[ˋæbsəˏlut] a. 確切的；絕對的；專制的	
academic	[ˏækəˋdɛmɪk] a. 學院的；學術的	
accent	[ˋæksɛnt] n. 口音；重音；強調	
access	[ˋæksɛs] n. 入口；通道；接近 v. 使用；接近	Track 140

across	[ə`krɔs] prep. 橫越；在對面
act	[`ækt] v. 表演；扮演；行為
action	[`ækʃən] n. 行為；行動；措施
active	[`æktɪv] a. 積極的；主動的
actor	[`æktɚ] n. 男演員　Track 141
actress	[`æktrɪs] n. 女演員
add	[æd] v. 添加；增加
admiration	[ˏædmə`reʃən] n. 欽佩；讚賞
adult	[ə`dʌlt] a. 成年的；成熟的
advertiser	[`ædvɚˏtaɪzɚ] n. 廣告客戶；刊登廣告的人　Track 142
afraid	[ə`frɛd] a. 害怕的
after	[`æftɚ] prep. 在……之後；在後面；以後
afternoon	[`æftɚ`nun] n. 下午；午後
again	[ə`gen] adv. 再一次
against	[ə`gɛnst] prep. 違反；背逆　Track 143
age	[eɪdʒ] n. 年齡
aggressive	[ə`grɛsɪv] a. 侵略的；好戰的；有進取心的
ago	[ə`go] adv. 以前
agony	[`ægənɪ] n. 苦惱；極大的痛苦

air	[er] n. 空氣	Track 144
airport	[ˋɛrˏport] n. 機場	
all	[ɔl] pron. 全部	
almost	[ˋɔlˏmost] adv. 幾乎；差不多	
along	[əˋlɔŋ] prep. 沿著	
already	[ɔlˋrɛdɪ] adv. 已經	Track 145
also	[ˋɔlso] adv. 也	
always	[ˋɔlweɪz] adv. 總是；永遠	
am	[æm] v. 是	
ambiguous	[æmˋbɪgjʊəs] a. 模稜兩可的；含糊不清的	
ambulance	[ˋæmbjələns] n. 救護車	Track 146
America	[əˋmɛrɪkə] n. 美國	
ample	[ˋæmpḷ] a. 豐富的；足夠的；寬敞的	
an	[æn] art. 一個	
anchor	[ˋæŋkɚ] n. 船錨；基石	
and	[ænd] conj. 且；和	Track 147
angry	[ˋæŋgrɪ] a. 生氣的	
animal	[ˋænəmḷ] n. 動物	
ankle	[ˋæŋkəl] n. 腳踝	

單字	音標	詞性	中文	音軌
another	[ə`nʌðɚ]	pron.	另一	
answer	[`ænsɚ]	v. n.	回答；答覆；答案	Track 148
any	[`ɛnɪ]	pron.	任一	
anybody	[`ɛnɪˏbadɪ]	pron.	任何人	
anyone	[`eniwʌn]	pron.	任何人	
anything	[`eniθɪŋ]	pron.	任何事	
apartment	[ə`partmənt]	n.	公寓；房間；套房	Track 149
apologize	[ə`paləˏdʒaɪz]	v.	道歉	
appear	[ə`pɪr]	v.	出現	
appetite	[`æpəˏtaɪt]	n.	胃口；嗜好	
apple	[`æpḷ]	n.	蘋果	
applicant	[`æpləkənt]	n.	申請人；報名者；申請應徵	Track 150
April	[`eɪprəl]	n.	四月	
apron	[`eprən]	n.	圍裙；停機坪	
are	[ɔr]	v.	是	
arm	[ɔrm]	n.	手臂	
around	[ə`raʊnd]	prep. adv.	周圍；大約	Track 151
arrive	[ə`raɪv]	v.	抵達	

arrogant	[ˋærəgənt] a. 傲慢的；自大的	
art	[ɔrt] n. 藝術	
as	[æz] adv. 如同	
ask	[æsk] v. 詢問；請求	Track 152
aspect	[ˋæspɛkt] n. 方面；方位；外觀	
at	[æt] prep. 在……	
atmosphere	[ˋætməs͵fɪr] n. 大氣；氣氛；空氣	
August	[ˋɑgəst] n. 八月	
aunt	[ænt] n. 姑母；嬸嬸；舅母	Track 153
autumn	[ˋɔtəm] n. 秋天	

【B · b】

baby	[ˋbebɪ] n. 嬰兒	Track 154
baby-sitter	[ˋbeɪbisɪtɚ] n. 褓母	
back	[bæk] n. 背部 adv. 向後地	
bad	[bæd] a. 壞的	
bag	[bæg] n. 袋子	
banana	[bəˋnænə] n. 香蕉	Track 155

band	[bænd]	n. 帶子	
bang	[bæŋ]	v. 重擊；發出巨響	
bank	[bæŋk]	n. 銀行；岸	
bankrupt	[ˋbæŋkrʌpt]	a. 破產的 v. 使破產	
barbershop	[ˋbɑrbɚ͵ʃɑp]	n. 理髮店	Track 156
barefoot	[ˋbɛr͵fʊt]	a. 赤腳的	
bark	[bɔrk]	n. 吠	
baseball	[ˋbeɪsbɔl]	n. 棒球	
basic	[ˋbesɪk]	a. 基本的；基礎的	
basket	[ˋbæskət]	n. 籃子	Track 157
basketball	[ˋbæskətbɔl]	n. 籃球	
bat	[bæt]	n. 蝙蝠	
bath	[bæθ]	n. 洗澡	
beach	[bitʃ]	n. 海灘	
bean	[bin]	n. 豆子；毫無價值的東西	Track 158
bear	[ber]	v. 忍受 n. 熊	
beautiful	[ˋbjutəfəl]	a. 美麗的	
beauty	[ˋbjutɪ]	n. 美麗；美人	
because	[bɪˋkɔz]	conj. 因為	

bed	[bed] n.	床	Track 159
bedroom	[ˋbɛd͵rʊm] n.	臥室	
bee	[bi] n.	蜜蜂	
beef	[bif] n.	牛肉	
beep	[bip] n.	嗶嗶聲；警笛聲	
beer	[bɪr] n.	啤酒	Track 160
beetle	[ˋbitḷ] n.	甲蟲	
before	[bɪˋfɔr] prep. adv. conj.	在……之前	
begin	[bɪˋgɪn] v.	開始	
beginner	[bɪˋgɪnɚ] n.	初學者；新手	
behind	[bɪˋhaɪnd] adv. prep.	在……之後	Track 161
believe	[bɪˋliv] v.	相信	
bell	[bɛl] n.	鐘	
belong	[bəˋlɔŋ] v.	屬於；附屬	
below	[bɪˋlo] adv. prep.	在……之下	
belt	[bɛlt] n.	帶	Track 162
beneficial	[͵bɛnəˋfɪʃəl] a.	有利的；有益的	
beside	[bɪˋsaɪd] prep.	在……旁邊	
besides	[bɪˋsaɪdz] adv.	此外	

betray	[bɪ`tre]	v. 背叛；辜負；洩露	
between	[bɪ`twin]	prep. adv. 兩者之間	Track 163
beyond	[bɪ`jɑnd]	prep. 超過；越過	
bicycle	[`baɪsəkəl]	n. 腳踏車	
big	[bɪg]	a. 大	
bill	[bɪl]	n. 帳單；單據；清單	
bird	[bɝd]	n. 鳥	Track 164
birthday	[bɝθdeɪ]	n. 生日	
bit	[bɪt]	n. 一點；一些	
bite	[baɪt]	v. 咬；叮	
bitter	[`bɪtɚ]	a. 苦的；痛苦的	
bizarre	[bɪ`zɑr]	a. 奇異的；怪誕的	Track 165
black	[blæk]	a. 黑色的；黑暗的 n. 黑色	
blackboard	[`blæk,bord]	n. 黑板	
blank	[blæŋk]	v. 使無效；放空 n. 空白	
blind	[blaɪnd]	a. 瞎的	
block	[blɑk]	n. 街區 v. 堵塞；攔阻	Track 166
blood	[blʌd]	n. 血；血液	
blow	[blo]	v. 吹	

blue	[blu] a. 藍色的 n. 藍色	
boat	[bot] n. 船；艇	
body	[ˋbɑdɪ] n. 身體；主體	Track 167
bone	[bon] n. 骨頭	
book	[bʊk] n. 書	
bookcase	[ˋbʊk͵kes] n. 書櫃；書架	
bookstore	[bʊkʃɔp] n. 書店	
bored	[bɔrd] a. 厭倦	Track 168
borrow	[ˋbɔro] v. 借	
boss	[bɔs] n. 老闆	
both	[boθ] a. 兩者	
bottle	[ˋbɑtl̩] n. 瓶子	
bow	[baʊ] v. 鞠躬	Track 169
bowl	[bol] n. 碗	
bowling	[ˋbolɪŋ] n. 保齡球	
boy	[bɔɪ] n. 男孩	
brain	[bren] n. 大腦；智力	
brave	[brev] a. 勇敢的；無畏的	Track 170
bread	[brɛd] n. 麵包；生計	

break	[brek] v. 打破 n. 休息	
breakfast	[ˋbrɛkfəst] n. 早餐	
bridge	[brɪdʒ] n. 橋；橋牌	
bright	[braɪt] a. 亮的；鮮豔的	Track 171
bring	[brɪŋ] v. 帶出；引來	
brother	[ˋbrʌðɚ] n. 兄弟	
brown	[braʊn] n. 棕色 a. 棕色的	
brush	[brʌʃ] n. 刷	
building	[ˋbɪldɪŋ] n. 建築物；大樓	Track 172
burn	[bɝn] v. 燃燒	
bus	[bʌs] n. 公車	
bus stop	[ˋbʌs stɔp] n. 公車站	
business	[bɪznɪs] n. 生意；事業；公司	
busy	[ˋbɪzɪ] a. 忙的	Track 173
butter	[ˋbʌtɚ] n. 奶油	
button	[ˋbʌtn] n. 鈕扣；按鈕	
buy	[baɪ] v. 買	
by	[baɪ] prep. 近於	

【C · c】

cable	[ˋkebḷ] n. 纜繩；電纜	Track 174
cake	[keɪk] n. 蛋糕	
calorie	[ˋkælərɪ] n. 卡路里；卡	
camel	[ˋkæmḷ] n. 駱駝	
camp	[kæmp] n. 露營	
can	[kæn] n. 罐子	Track 175
candy	[ˋkændɪ] n. 糖果；糖	
cap	[kæp] n. 帽子	
car	[kɔr] n. 車子	
carbon	[ˋkɑrbən] n. 碳	
card	[kɔrd] n. 紙牌	Track 176
care	[ker] n. 關心；在乎；照顧	
caretaker	[ˋkɛr͵tekɚ] n. 看門人；守護者	
carrot	[ˋkerət] n. 蘿蔔	
carry	[kerɪ] v. 帶	
cartoon	[kɑrˋtun] n. 卡通；漫畫	Track 177
case	[keɪs] n. 盒子；袋子	

cat	[kæt] n. 貓；貓科動物	
catch	[kætʃ] v. 感染；趕上	
cave	[kev] n. 洞穴	
CD	[si`di] n. 光碟；唱片	Track 178
CD player	[si`di pleɪɚ] n. 光碟片播放器	
celebrate	[`seləbreɪt] v. 慶祝	
celebration	[͵sɛlə`breʃən] n. 慶典；慶祝	
cellar	[`sɛlɚ] n. 地下室	
cent	[sɛnt] n. 分；分幣	Track 179
cereal	[`sɪrɪəl] n. 穀物；穀類食品	
chair	[tʃer] n. 椅子	
chalk	[tʃɔk] n. 粉筆	
cheap	[tʃip] a. 便宜的	
cheat	[tʃit] n. 欺騙；騙子	Track 180
cheerleader	[`tʃɪr͵lidɚ] n. 啦啦隊隊長	
cheese	[tʃiz] n. 乳酪	
chess	[tʃɛs] n. 象棋；西洋棋	
chicken	[tʃɪkɪn] n. 雞；膽小鬼	
chief	[tʃif] a. 主要的 n. 首領	Track 181

child	[tʃaɪld] n. 小孩
chin	[tʃɪn] n. 下巴
China	[ˋtʃaɪnə] n. 中國
Chinese	[tʃaɪˋniz] a. 中國人
Chinese New Year	[tʃaɪniz nu jɪr] n. 農曆年 Track 182
chocolate	[ˋtʃɔklət] n. 巧克力
Christmas	[ˋkrɪsməs] n. 聖誕節
church	[tʃɝtʃ] n. 教堂
cinema	[ˋsɪnəmə] n. 電影院；電影
circle	[ˋsɝkəl] n. 圓圈 Track 183
citizen	[ˋsɪtəzn] n. 公民；市民
city	[ˋsɪtɪ] n. 城市；都市
civilization	[ˏsɪvḷəˋzeʃən] n. 文明；文化
clarify	[ˋklærəˏfaɪ] v. 澄清；闡明；淨化
clash	[klæʃ] v. 衝突；牴觸 n. 衝突；不協調 Track 184
class	[klæs] n. 班級；等級；階級
class leader	[klæs ˋlidɚ] n. 班長
classmate	[ˋklæsmeɪt] n. 同學

classroom	[klæsrum] n. 教室	
clean	[klin] a. 清潔；整理	Track 185
clear	[klɪr] a. 清楚的；明白的	
clever	[ˋklevɚ] a. 聰明的	
climax	[ˋklaɪmæks] n. 高潮；頂點	
climb	[klaɪm] v. 攀登；攀爬	
clock	[klɔk] n. 鐘	Track 186
close	[klos] a. 近的；緊密的 v. 關閉；結束	
cloud	[klaʊd] n. 雲；陰影	
cloudy	[ˋklaʊdi] a. 多雲的	
club	[klʌb] n. 俱樂部	
coast	[kost] n. 海岸；海濱	Track 187
coat	[kot] n. 夾克	
coffee	[ˋkɔfɪ] n. 咖啡	
coin	[kɔɪn] n. 硬幣	
cold	[kold] a. 冷	
color	[ˋkʌlɚ] n. 顏色	Track 188
come	[kʌm] v. 來	
comic	[ˋkɑmɪk] a. 漫畫	

common	[ˋkɑmən] a. 普通的；共同的	
company	[ˋkʌmpənɪ] n. 公司；陪伴	
complain	[kəmˋplen] v. 抱怨；控訴	Track 189
computer	[kəmˋpjutɚ] n. 電腦	
contagious	[kənˋtedʒəs] a. 有傳染性的	
conversation	[kɔnvɚˋseɪʃən] n. 談話	
cook	[kʊk] v. 烹；煮	
cookie	[ˋkʊkɪ] n. 餅乾	Track 190
cooking	[kʊkɪŋ] n. 烹飪	
cool	[kul] a. 涼爽	
correct	[kəˋrekt] a. 正確	
cost	[kɔst] n. 價格；花費	
couch	[kaʊtʃ] n. 長沙發	Track 191
could	[kʊd] v. 能	
count	[kaʊnt] v. 計算；數	
country	[kʌntri] n. 國家	
cover	[ˋkʌvɚ] v. 蓋；包括 n. 封面	
cow	[kaʊ] n. 母牛	Track 192
cream	[krim] n. 奶油；乳酪	

crime	[kraɪm] n. 罪；罪行；犯罪	
crisis	[ˋkraɪsɪs] n. 危機；危急關頭	
cross	[krɔs] v. 跨越	
crow	[kro] n. 烏鴉	Track 193
cry	[kraɪ] v. 哭；叫喊	
cure	[kjʊr] v. 治癒；治療	
curious	[ˋkjʊrɪəs] a. 好奇的；古怪的	
curtain	[ˋkɝtn] n. 窗簾	
custom	[ˋkʌstəm] n. 風俗；習慣	Track 194
customer	[ˋkʌstəmɚ] n. 顧客	
cut	[kʌt] v. 切；割	
cute	[kjut] a. 可愛的	

【D·d】

daddy	[dædɪ] n. 爸爸	Track 195
damp	[dæmp] a. 潮濕的；有濕氣的	
dance	[dæns] v. 跳舞 n. 舞	
dancing	[dæns] v. 舞蹈	

danger	[deɪndʒɚ] n. 危險	
dark	[dɔrk] a. 黑的	Track 196
date	[deɪt] n. 日期；約會	
dear	[dɪr] a. 親愛的	
debt	[dɛt] n. 欠債；債務	
December	[dɪˋsɛmbɚ] n. 十二月	
decide	[dɪˋsaɪd] v. 決定；決心	Track 197
decorate	[ˋdɛkə͵ret] v. 裝飾；裝修	
decrease	[ˋdikris] v. 減少；減小	
deep	[dip] a. 深的	
deer	[dɪr] n. 鹿	
delay	[dɪˋle] v. 耽擱；延遲 n. 耽擱；延期	Track 198
deliberate	[dɪˋlɪbərɪt] v. 考慮；商討 a. 故意的；慎重的	
delicious	[dɪˋlɪʃəs] a. 美味的；可口的	
delight	[dɪˋlaɪt] n. 高興；快樂 v. 使高興；使欣喜	
deliver	[dɪˋlɪvɚ] v. 遞送；發表	
dense	[dɛns] a. 密集的；稠密的	Track 199
deny	[dɪˋnaɪ] v. 否認；拒絕給予	
department	[dɪˋpɑrtmənt] n. 部門；科；系	

department store	[dɪ`pɔrtmənt stɔr]	n. 百貨公司	
depend	[dɪ`pɛnd]	v. 依靠；取決於	
desk	[dɛsk]	n. 桌子	Track 200
despair	[dɪ`spɛr]	n. v. 絕望	
dessert	[dɪ`zɝt]	n. 甜食	
develop	[dɪ`vɛləp]	v. 發展；開發	
dial	[`daɪəl]	v. 撥號；打電話	
diary	[`daɪərɪ]	n. 日記；日記本	Track 201
did	[dɪd]	v. 做（過去式）	
die	[daɪ]	v. 死	
dig	[dɪg]	v. 挖	
dining room	[daɪnɪŋ rum]	n. 飯廳	
dinosaur	[`daɪnə͵sɔr]	n. 恐龍	Track 202
director	[də`rɛktɚ]	n. 導演；主管；董事	
dirty	[`dɝti]	a. 髒的	
disappear	[͵dɪsə`pɪr]	v. 消失；失蹤	
disbelief	[͵dɪsbə`lif]	n. 不相信；懷疑	
discuss	[dɪ`skʌs]	v. 討論；談論	Track 203

dish	[dɪʃ] n. 盤子
display	[dɪˋsple] n. v. 顯示；炫耀
distance	[ˋdɪstəns] n. 距離；遠方
distant	[ˋdɪstənt] a. 遙遠的；陌生的；疏遠的
do	[də] v. 做 Track 204
doctor	[ˋdɑktɚ] n. 醫生；博士
does	[dʌz] v. 做（第三人稱單數）
dog	[dɔg] n. 狗
doll	[dɔl] n. 洋娃娃
dollar	[ˋdɑlɚ] n. 元 Track 205
door	[dɔr] n. 門
dot	[dɑt] n. 小圓點 v. 點綴
dough	[do] n. 麵團
dove	[dʌv] n. 鴿子
down	[daʊn] adv. 下 Track 206
downtown	[ˏdaʊnˋtaʊn] n. 市中心
doze	[doz] v. 打瞌睡 n. 瞌睡
Dr.	[ˋdɑktɚ] n. 博士；醫生
draw	[drɔ] v. 畫；吸引

drawing	[drɑɪŋ] n. 繪畫	Track 207
dream	[drim] n. 夢；夢想 v. 做夢	
dress	[dres] n. 打扮；穿著	
drink	[drɪŋk] n. 飲料 v. 喝；飲	
drive	[draɪv] v. 開車	
driver	[ˋdraɪvɚ] n. 司機	Track 208
drop	[drɔp] v. 掉；投	
drug	[drʌg] n. 藥；毒品	
drugstore	[ˋdrʌgˏstor] n. 藥店；雜貨店	
dry	[draɪ] a. 乾燥的	
duck	[dʌk] n. 鴨肉；鴨	
during	[ˋdʊrɪŋ] prep. 在……期間	

【E‧e】

each	[itʃ] a. 每一	Track 209
ear	[ɪr] n. 耳朵	
earth	[ɝθ] n. 地球	
east	[ist] n. 東方	

easy	[`izi] a. 簡單的；容易的	
eat	[it] v. 吃	Track 210
economic	[ˏikə`nɑmɪk] a. 經濟學的；有利可圖的	
edible	[`ɛdəbḷ] a. 可以吃的；可食用的	
education	[ˏɛdʒʊ`keʃən] n. 教育；修養	
egg	[ɛg] n. 蛋	
eight	[et] n. 八	Track 211
eighteen	[e`tin] n. 十八	
eighth	[etθ] n. 第八	
eighty	[eti] n. 八十	
elastic	[ɪ`læstɪk] a. 彈性的；靈活的 n. 橡皮圈；鬆緊帶	
element	[`ɛləmənt] n. 元素；要素	Track 212
elementary school	[ɛlɪ`mentərɪ skul] n. 小學	
elephant	[`ɛləfənt] n. 大象	
elevator	[`ɛləˏvetɚ] n. 電梯	
eleven	[ə`levən] n. 十一	
eliminate	[ɪ`lɪməˏnet] v. 消除；根除；淘汰	Track 213
embark	[ɪm`bɑrk] v. 著手；開始做；上船	

embarrass	[ɪm`bærəs]	v. 使尷尬；使為難	
embrace	[ɪm`bres]	v. 擁抱	
enclose	[ɪn`kloz]	v. 圍住；包住；附上	
end	[end]	n. 終點	Track 214
enemy	[`ɛnəmɪ]	n. 敵人；敵軍	
England	[ɪŋglənd]	n. 英國	
enjoy	[ɪn`dʒɔɪ]	v. 享受	
enough	[ə`nʌf]	adv. 足夠的	
enter	[entɚ]	v. 進入	Track 215
enterprise	[`ɛntɚ͵praɪz]	n. 企業；事業；進取心	
envelope	[`ɛnvə͵lop]	n. 信封	
eraser	[ɪ`reɪsɚ]	n. 橡皮擦	
erupt	[ɪ`rʌpt]	v. 爆發；噴出	
evening	[ivnɪŋ]	n. 傍晚	Track 216
ever	[evɚ]	adv. 曾經	
everybody	[`evribɑdi]	pron. 每個人	
everyone	[`evriwʌn]	pron. 每個人	
everything	[evriθɪŋ]	pron. 每件東西；每件事	
exact	[ɪg`zækt]	a. 確切的；精密嚴謹的	Track 217

example	[ɪg`zæmpə] n. 模範；範例	
exceptional	[ɪk`sɛpʃənl̩] a. 優越的；例外的	
excited	[ɪk`saɪtɪd] a. 興奮的	
excuse	[ɪk`skjuz] n. 理由 v. 原諒；辯解	
exercise	[`eksəsaɪz] n. 運動；練習	Track 218
exercising	[eksəsaɪz] n. 令人困擾	
exist	[ɪg`zɪst] v. 存在；生存	
expect	[ɪk`spɛkt] v. 預期；期待；盼望	
expensive fruit	[ik`spɛnsiv frut] n. 昂貴的水果	
experience	[ɪk`spɪrɪəns] n. 經歷；經驗 v. 經歷	Track 219
explain	[ɪk`splen] v. 說明；解釋	
express	[ɪk`sprɛs] v. 表達；表示	
eye	[aɪ] n. 眼睛	
eyebrow	[aɪbraʊ] n. 眉毛	

【F・f】

face	[feɪs] n. 臉	Track 220
fact	[fækt] n. 事實	

factory	[ˋfæktərɪ] n. 工廠；製造廠	
fail	[fel] v. 失敗	
fair	[fɛr] n. 展覽 a. 公平的	
fall	[fɔl] v. 跌落 n. 秋天	Track 221
false	[fɔls] a. 錯誤的；假的	
family	[ˋfæməlɪ] n. 家庭	
fan	[fæn] n. 影（歌）迷	
farm	[fɔrm] n. 農場	
farmer	[ˋfɔrmɚ] n. 農夫	Track 222
fascinate	[ˋfæsn͵et] v. 使著迷；入迷	
fast	[fæst] a. 快速	
fast food	[fæst ˋfud] n. 速食	
fat	[fæt] a. 胖	
father	[ˋfɑðɚ] n. 爸爸	Track 223
February	[februerɪ] n. 二月	
fee	[fi] n. 費用；酬金	
feeble	[fibl̩] a. 虛弱的；無效的	
feed	[fid] v. 餵養；飼養	
feel	[fil] v. 感覺；覺得	Track 224

feminine	[ˋfɛmənɪn] a. 女性的；嬌柔的	
few	[fju] a. 一些	
fifteen	[fɪfˋtin] n. 十五	
fifth	[fɪfθ] n. 第五	
fifty	[fɪfti] n. 五十	Track 225
fill	[fɪl] v. 裝滿；填充	
film	[fɪlm] n. 影片；電影	
find	[faɪnd] v. 發現	
fine	[faɪn] a. 好的；優秀的	
finger	[fɪŋgɚ] n. 手指頭	Track 226
fire	[faɪr] n. 火	
fireman	[ˋfaɪrmən] n. 消防隊員	
first	[fɝst] n. 第一	
fish	[fɪʃ] n. 魚	
fisherman	[fɪʃɚmən] n. 漁夫	Track 227
fishing	[fɪʃɪŋ] n. 釣魚；漁業	
five	[faɪv] n. 五	
fix	[fɪks] v. 修理	
floor	[flɔr] n. 地板	

flower	[ˋflauɚ] n. 花	Track 228
flower shop	[ˋflauɚ ʃɑp] n. 花店	
fly	[flaɪ] n. 蒼蠅 v. 飛	
fog	[fɑg] n. 霧	
follow	[ˋfɑlo] v. 跟隨；遵循	
following	[ˋfɑləwɪŋ] a. 接著的；下列的	Track 229
food	[fud] n. 食物	
fool	[ful] n. 傻瓜 v. 愚弄；欺騙	
foot	[fʊt] n. 腳；英尺	
for	[fɔr] prep. 為；給	
forget	[fɚˋgɛt] v. 忘記	Track 230
fork	[fɔrk] n. 叉子	
form	[fɔrm] v. 格式；表格	
forty	[fɔrti] n. 四十	
four	[fɔr] n. 四	
fourteen	[fɔrˋtin] n. 十四	Track 231
fourth	[fɔrθ] n. . 第四	
frank	[fræŋk] a. 坦白的；直率的	
free	[fri] a. 免費的；自由的	

freedom	[ˋfridəm] n. 自由	
french fries	[frentʃˋfraɪz] n. 薯條	Track 232
fresh	[frɛʃ] a. 新鮮的；清新的	
Friday	[ˋfraɪˏde] n. 星期五	
friend	[frend] n. 朋友	
friendly	[ˋfrendli] a. 友善的	
fright	[fraɪt] n. 驚駭；驚恐	Track 233
frighten	[ˋfraɪtn] v. 使驚嚇；害怕	
frog	[frɔg] n. 青蛙	
from	[frɑm] prep. 出自；來自；從	
front	[frʌnt] n. 正面；前面 a. 前面的	
frontier	[frʌnˋtɪr] n. 邊境；邊疆	Track 234
full	[fʊl] a. 滿的	
fun	[fʌn] n. 樂趣	
funny	[ˋfʌnɪ] a. 有趣的	

game	[gem] n. 比賽；遊戲	Track 235
garden	[ˋgɑrdn] n. 花園	

gas	[gæs]	n. 瓦斯；石油	
gas station	[ˋgæs steɪʃən]	n. 加油站	
gather	[ˋgæðɚ]	v. 聚集；集合	
general	[ˋdʒɛnərəl]	a. 普遍的；一般的	Track 236
generation	[ˌdʒɛnəˋreʃən]	n. 一代人；繁殖；產生	
get	[gɛt]	v. 獲取；得到	
ghost	[gost]	n. 鬼魂；幽靈	
giant	[ˋdʒaɪənt]	a. 巨大的	
gift	[gɪft]	n. 禮物	Track 237
giraffe	[dʒəˋræf]	n. 長頸鹿	
girl	[gɝl]	n. 女孩	
give	[gɪv]	v. 給予；提供	
glad	[glæd]	a. 高興地；樂意的	
glass	[glæs]	n. 玻璃；玻璃杯	Track 238
glove	[glʌv]	n. 手套	
go	[go]	v. 去	
goal	[gol]	n. 目標；球門；得分數	
goat	[got]	n. 山羊	

good	[gʊd] a. 好的；優秀的 n. 善行；好處	Track 239
grade	[greɪd] n. 成績	
grandfather	[ˋgrænfɑðɚ] n. 祖父	
grandma	[ˋgræmmɔ] n. 祖母	
grandmother	[ˋgrænmʌðɚ] n. 祖母	
grandpa	[græmpɑ] n. 祖父	Track 240
grape	[grep] n. 葡萄；葡萄酒	
grapefruit	[ˋgrep͵frut] n. 柚子；葡萄柚	
gray	[gre] a. 灰色的；暗淡的	
great	[greɪt] a. 大的；偉大的	
greedy	[ˋgridɪ] a. 貪婪的	Track 241
green	[grin] a. 綠色的；未成熟的	
ground	[graʊnd] n. 地面	
group	[grup] n. 團體	
grow	[gro] v. 生長；增加；種植	
guess	[ges] v. 猜測	
guitar	[gɪˋtɔr] n. 吉他	

【H · h】

habit	[ˋhæbɪt] n. 習慣；習性；嗜好	Track 242
had	[hæd] v. 有	
hair	[her] n. 頭髮	
half	[hæf] n. 一半 a. 一半的	
hall	[hɔl] n. 廳	
ham	[hæm] n. 火腿	Track 243
hamburger	[ˋhæmbɝgɚ] n. 堡	
hammer	[ˏhæmɚ] n. 錘子；榔頭	
hand	[hænd] n. 手	
handle	[ˋhændl̩] v. 處理；對待	
handsome	[ˋhænsəm] a. 英俊的	Track 244
happy	[ˋhæpɪ] a. 快樂的	
hard	[hɔrd] a. 難的；硬的	
hard-work-ing	[hɔrdˋwɝkɪŋ] a. 工作努力的	
harmonica	[hɑrˋmɑnɪkə] n. 口琴	
has	[hæz] v. 有（第三人稱單數）	Track 245
hat	[hæt] n. 帽子	

have	[hæv] v. 有	
he	[hi] pron. 他	
head	[hed] n. 頭	
headache	[ˋhedeɪk] n. 頭痛	Track 246
health	[helθ] n. 健康	
healthy	[ˋhelθi] a. 健康的	
hear	[hɪr] v. 聽	
heart	[hɔrt] n. 心臟；心腸	
heat	[hit] n. 熱	Track 247
heavy	[ˋhɛvɪ] a. 重的；沉重的	
height	[haɪt] n. 高度	
heighten	[ˋhaɪtn] v. 提高；加強	
hello	[heˋlo] n. 哈囉	
help	[help] v. 幫忙	Track 248
helpful	[ˋhelpfəl] a. 有幫助的	
hen	[hen] n. 母雞	
her	[hɝ] pron. 她的	
hers	[hɝz] pron. 她的東西	
hey	[heɪ] n. 喂	Track 249

hi	[haɪ] int. 嗨	
hide	[haɪd] v. 隱藏；隱瞞	
high	[haɪ] a. 高的	
highway	[ˋhaɪˏwe] n. 公路；大路；捷徑	
hill	[hɪl] n. 小山；丘陵	Track 250
him	[hɪm] pron. 他	
hire	[haɪr] v. 雇傭；租用	
his	[hɪz] a. 他的	
hit	[hɪt] v. 打；擊	
hobby	[hɑbi] n. 嗜好	Track 251
hold	[hold] v. 握著；拖著；舉辦	
holder	[ˋholdɚ] n. 持有人；支持物	
holiday	[ˋhɑlədeɪ] n. 假日	
homesick	[ˋhomˏsɪk] a. 想家的；思鄉的	
homework	[ˋhomwɝk] n. 作業	Track 252
homosexual	[ˏhoməˋsɛkʃuəl] a. 同性戀的 n. 同性戀者	
honest	[ˋɑnɪst] a. 誠實的	
hope	[hop] v. 希望	
horizon	[həˋraɪzn] n. 地平線；眼界；見識	

horse	[hɔrs] n. 馬	Track 253
hospital	[ˋhɑspɪtəl] n. 醫院	
host	[host] n. 主人；主持人	
hot	[hɔt] a. 熱的	
hot dog	[ˋhɔt dɔg] n. 熱狗	
hotel	[hoˋtel] n. 飯店	Track 254
hour	[aʊr] n. 小時	
house	[haʊs] n. 房子	
how	[haʊ] adv. 如何	
hum	[hʌm] v. 發出哼聲；哼曲子	
humble	[ˋhʌmbl̩] a. 謙遜的；粗陋的	Track 255
humid	[ˋhjumɪd] a. 潮濕的	
humor	[ˋhjumɚ] n. 幽默；詼諧	
hundred	[ˋhʌndrəd] n. 百	
hunger	[ˋhʌngɚ] n. 飢餓；渴望	
hungry	[hʌŋgri] a. 餓的	Track 256
hunt	[hʌnt] v. 狩獵；打獵	
hunter	[ˋhʌntɚ] n. 獵人	
hurry	[ˋhɝɪ] n. 匆忙	

hurt	[hɝt] v. 傷到；痛的	

【 I · i 】

ice	[aɪs] n. 冰	Track 257
ice cream	[ˋaɪs krim] n. 冰淇淋	
idea	[aɪˋdiə] n. 主意	
if	[ɪf] conj. 假如	
ignore	[ɪgˋnor] v. 不理；忽視	
ill	[ɪl] a. 有病的；壞的；有惡意的	Track 258
imaginary	[ɪˋmædʒəˏnɛrɪ] a. 想像的；虛構的	
imagine	[ɪˋmædʒɪn] v. 想像；設想；料想	
immense	[ɪˋmɛns] a. 巨大的；極好的	
important	[ɪmˋpɔrtənt] a. 重要的	
in	[ɪn] prep. 在；過……之後	Track 259
include	[ɪnˋklud] v. 包括	
income	[ˋɪnˏkʌm] n. 收入	
increase	[ɪnˋkris] v. 增加	
independence	[ˏɪndɪˋpɛndəns] n. 獨立；自主	

indicate	[ˋɪndəˏket] v. 指示；顯示	Track 260
indignant	[ɪnˋdɪgnənt] a. 憤怒的；憤慨的	
industry	[ˋɪndəstrɪ] n. 工業；產業	
initiate	[ɪˋnɪʃɪɪt] v. 開始；發起	
ink	[ɪŋk] n. 墨水	
insect	[ˋɪnsekt] n. 昆蟲	Track 261
inside	[ɪnˋsaɪd] n. 在……之內	
instant	[ˋɪnstənt] a. 立即的；即時的	
interested	[ˋɪntrɪstɪd] a. 對……感興趣的	
international	[ˏɪntəˋnæʃənḷ] a. 國際的	
into	[ˋɪntu] prep. 進入；到……裡	Track 262
introduce	[ɪntrəˋdus] v. 介紹	
is	[ɪz] vi. 是	
island	[ˋaɪlənd] n. 島嶼	
it	[ɪt] pron. 它	
item	[ˋaɪtəm] n. 項目；商品；條款	
its	[ɪts] pron. 它的	

【J · j】

jacket	[ˋdʒækɪt] n. 夾克；外套	Track 263
jam	[dʒæm] v. 塞滿；擠 n. 果醬；堵塞	
January	[ˋdʒænjuerɪ] n. 一月	
jaywalk	[ˋdʒeˏwɔk] v. 擅自穿越馬路	
jeans	[dʒinz] n. 牛仔褲	
job	[dʒɑb] n. 工作；職業	Track 264
jog	[dʒɑg] n. v. 慢跑	
join	[dʒɔɪn] v. 加入	
journalist	[ˋdʒɝnəlɪst] n. 新聞工作者；記者	
joy	[dʒɔɪ] n. 歡樂	
judge	[dʒʌdʒ] n. 法官；裁判	Track 265
juice	[dʒus] n. 果汁	
juicy	[ˋdʒusɪ] a. 多汁的；利潤多的；生動的	
July	[dʒʊˋlaɪ] n. 七月	
jump	[dʒʌmp] v. 跳躍	
June	[dʒun] n. 六月	

junior high school	[dʒuninjɚ`haɪ skul] n. 國中	
juvenile	[`dʒuvən!] a. 少年的 n. 少年	

【K · k】

keep	[kip] v. 保存；持有	Track 266
ketchup	[`kɛtʃəp] n. 番茄醬	
key	[ki] v. 鑰匙	
kick	[kɪk] v. 踢	
kid	[kɪd] n. 小孩；年輕人	
kill	[kɪl] v. 殺；殺死	Track 267
kind	[kaɪnd] a. 仁慈；種類	
king	[kɪŋ] n. 國王	
kiss	[kɪs] v. n. 親吻	
kitchen	[`kɪtʃən] n. 廚房	
kite	[kaɪt] n. 風箏	Track 268
knee	[ni] n. 膝蓋	
knife	[naɪf] n. 刀子	

knock	[nɔk] v. 敲	
know	[no] v. 知道	
knowledgeable	[ˋnɑlɪdʒəbḷ] a. 知識淵博的；有見識的	

【L‧l】

lake	[leɪk] n. 湖	Track 269
lamb	[læm] n. 綿羊	
lamp	[læmp] n. 燈	
land	[lænd] v. 土地	
landscape	[ˋlændˏskep] n. 風景；景色	
language	[ˋlæŋgwɪdʒ] n. 語言；術語	Track 270
lap	[læp] n. 腿部；下擺	
large	[lɔrdʒ] a. 大的	
largely	[ˋlɑrdʒlɪ] adv. 大部分；主要地	
last	[læst] a. adv. pron. n. 最後的；持續的	
late	[leɪt] a. adv. 遲的	Track 271
latest	[ˋletɪst] a. 最近的；最新的；最遲的	
laugh	[læ] v. 笑；嘲笑	

law	[lɔ] n. 法律；法規；規律	
lay	[le] v. 躺；平放	
lead	[lid] v. 引導；領先；帶領	Track 272
leader	[ˋlidɚ] n. 領袖；領導者	
leadership	[ˋlidɚʃɪp] n. 領導能力	
learn	[lɝn] v. 學習	
least	[list] n. 最小；最少	
leave	[liv] v. 離開；留下	Track 273
left	[lɛft] a. adv. 左邊	
leg	[lɛg] n. 腿	
legal	[ˋligḷ] a. 法定的；法律的；合法的	
lemon	[ˋlɛmən] n. 檸檬	
lemonade	[͵lɛmənˋed] n. 檸檬水	Track 274
lend	[lɛnd] v. 把……借給	
length	[lɛŋθ] n. 長度；時間的長短	
lesson	[ˋlɛsṇ] n. 課	
let	[lɛt] v. 讓	
letter	[ˋlɛtɚ] n. 信	Track 275
lettuce	[ˋlɛtɪs] n. 生菜	

library	[ˋlaɪˌbrɛrɪ] n. 圖書館	
lick	[lɪk] v. 舔；輕拍；掠過	
lid	[lɪd] n. 蓋子	
lie	[laɪ] n. 謊言；假話	Track 276
lieutenant	[luˋtɛnənt] n. 陸軍中尉；海軍上尉	
life	[laɪf] n. 人生	
light	[laɪt] n. 光；燈光 a. 輕的；淺色的；明亮的 v. 燃燒；點燃	
like	[laɪk] v. 喜歡	
lily	[ˋlɪlɪ] n. 百合花	Track 277
limit	[ˋlɪmɪt] n. 限制 v. 限制；限定	
line	[laɪn] n. 線	
link	[lɪŋk] v. 連接；聯繫	
lion	[ˋlaɪən] n. 獅子	
lip	[lɪp] n. 嘴唇；邊緣	Track 278
liquid	[ˋlɪkwɪd] n. 液體	
list	[lɪst] n. 目錄；名單；明細表	
listen	[ˋlɪsən] v. 傾聽；聽	
listener	[ˋlɪsnɚ] n. 傾聽者；聽眾	

little	[ˋlɪtə] a. 小的	Track 279
live	[lɪv] v. 生存；住	
living room	[ˋlɪvɪŋ rum] n. 客廳	
lofty	[ˋlɔftɪ] a. 高的；崇高的	
lonely	[ˋlonlɪ] a. 寂寞的	
long	[lɔŋ] a. 長的；長久的	Track 280
look	[lʊk] v. 看	
lose	[luz] v. 喪失；遺失；迷失	
loud	[laʊd] a. adv. 聲音大的	
love	[lʌv] v. 愛	
lower	[ˋloɚ] v. 放下；貶低 a. 低的；下層的	
luck	[lʌk] n. 運氣；幸運	
lunch	[lʌntʃ] n. 午餐	

【M · m】

machine	[məˋʃin] n. 機器	Track 281
mail	[meɪl] n. 信件	
mailman	[ˋmeɪlmæn] n. 郵差	

main	[men] a. 主要的	
maintain	[men`ten] v. 保持	
make	[meɪk] v. 使；製作	Track 282
male	[mel] n. 男子；雄性動物	
man	[mæn] n. 男人	
mango	[`mæŋgo] n. 芒果	
manifest	[`mænə͵fɛst] a. 顯然的；明白的 v. 顯示；表明	
manner	[`mænɚ] n. 禮貌；舉止；方式；習俗	Track 283
many	[`menɪ] a. 許多的	
map	[mæp] n. 地圖	
March	[mɔrtʃ] n. 三月	
marine	[mə`rin] a. 海的；航海的	
mark	[mɔrk] n. 記號；標籤	Track 284
marker	[`mɔrkɚ] n. 麥克筆	
market	[`mɔrkɪt] n. 市場	
marriage	[`mærɪdʒ] n. 結婚；婚姻	
mask	[mæsk] n. 面具；面罩	
mat	[mæt] n. 墊子；席子	Track 285

match	[mætʃ] n. 比賽；v. 和……相配	
math	[mæθ`mætɪks] n. 數學	
matter	[`mætɚ] n. 事務	
May	[meɪ] n. 五月	
may	[meɪ] v. 可以；可能	Track 286
me	[mi] pron. 我	
meal	[mil] n. 飯菜；飯	
mean	[min] v. 意味著；打算	
meaning	[`minɪŋ] n. 意義；重要性	
measurable	[`mɛʒərəbl̩] a. 可測量的；顯著的；重要的	Track 287
meat	[mit] n. 肉	
medicine	[`mɛdəsn] n. 藥；醫學	
meeting	[`mitɪŋ] n. 會議	
melody	[`mɛlədɪ] n. 旋律；曲調	
melon	[`mɛlən] n. 甜瓜	Track 288
member	[`mɛmbɚ] n. 成員；會員	
memory	[`mɛmərɪ] n. 記憶；記憶力	
men's room	[`mɛnz rum] n. 男廁所	

menu	[ˋmɛnju] n. 菜單	
message	[ˋmɛsɪdʒ] n. 資訊	Track 289
metal	[ˋmɛtl̩] n. 金屬 a. 金屬的	
method	[ˋmɛθəd] n. 方法；辦法	
midst	[mɪdst] n. 中部；中間	
might	[maɪt] aux. 可能	
mile	[maɪl] n. 哩	Track 290
military	[ˋmɪlə͵tɛrɪ] a. 軍事的	
milk shake	[ˋmɪlkʃeɪk] n. 奶昔	
milk	[mɪlk] n. 牛奶	
mind	[maɪnd] n. 介意	
mine	[maɪn] pron. 我的	Track 291
minimal	[ˋmɪnəməl] a. 最小的；最低限度的	
minute	[ˋmɪnɪt] n. 分鐘	
mirror	[ˋmɪrɚ] n. 鏡子	
Miss	[mɪs] v. 小姐	
mistake	[mɪˋsteɪk] n. 錯誤	Track 292
modern	[ˋmɑdən] a. 現代的；新式的	
moment	[ˋmomənt] n. 時刻；一會兒	

Monday	[ˋmʌndeɪ] n. 星期一	
money	[mʌnɪ] n. 錢	
monkey	[ˋmʌŋki] n. 猴子	Track 293
month	[mʌnθ] n. 月	
monster	[ˋmɑnstɚ] n. 怪物	
moon	[mun] n. 月亮；月球	
moon cake	[mun keɪk] n. 月餅	
morning	[ˋmɔrnɪŋ] n. 早上	Track 294
most	[most] pron. adv. 大多數	
mother (mom/mommy)	[ˋmʌðɚ] n. 媽媽	
motion	[ˋmoʃən] n. 運動；動作	
motorcycle	[ˋmotɚˏsaɪkḷ] n. 摩托車	
mountain	[ˋmaʊntən] n. 山	Track 295
mouse	[maʊs] n. 老鼠	
mouth	[maʊθ] n. 嘴巴	
move	[muv] v. 搬動；移動 n. 行動；舉動	
movie	[ˋmuvi] n. 電影	
movie theater	[ˋmuvi θiətɚ] n. 電影院	Track 296

Mr.	[ˋmɪstɚ] n. 先生	
Mrs.	[ˋmɪsɪz] n. 太太	
Ms.	[miz] n. 女士	
much	[mʌtʃ] adv. 很；非常；幾乎	
mud	[mʌd] n. 泥；泥巴	Track 297
mug	[mʌg] n. 馬克杯；一杯的量	
museum	[mjuˋziəm] n. 博物館	
music	[ˋmjuzɪk] n. 音樂	
must	[mʌst] aux. 必須；一定	
my	[maɪ] a. 我的	

【N · n】

nail	[nel] n. 指甲；釘子	Track 298
name	[neɪm] n. 姓名	
napkin	[ˋnæpkɪn] n. 餐巾	
nationality	[ˏnæʃəˋnælətɪ] n. 國籍；民族	
near	[near] a. adv. 靠近	
nearby	[ˋnɪrˏbaɪ] a. 附近的	Track 299

nearly	[ˋnɪrlɪ] adv. 幾乎；差不多	
neat	[nit] a. 整潔的；簡潔的	
neck	[nek] n. 脖子	
need	[nid] v. 需要	
negotiate	[nɪˋgoʃɪˏet] v. 協商；談判	Track 300
never	[ˋnevɚ] adv. 從未	
new	[nu] a. 新的	
New Year's Day	[nu jɪrz jɪəz ˋdeɪ] n. 新年	
news	[nuz] n. 新聞	
next	[nekst] a. pron. 下一個	Track 301
nice	[naɪs] a. 好的	
night	[naɪt] n. 晚上	
nine	[naɪn] n. 九	
nineteen	[naɪnˋtin] n. 十九	
nineteenth	[naɪnˋtinθ] n. 第十九	Track 302
ninety	[ˋnaɪnti] n. 九十	
ninth	[naɪnθ] n. 第九	
nobody	[ˋnobɑdɪ] pron. 沒有人；無人	

nod	[nɔd] v. 點頭	
noise	[nɔɪz] n. 噪音	Track 303
nominate	[ˋnɑmə͵net] v. 提名；任命	
noodle	[ˋnudḷ] n. 麵條	
noon	[nun] n. 中午	
north	[nɔrθ] n. 北的	
northern	[ˋnɔrðɚn] a. 北方的；北部的	Track 304
nose	[noz] n. 鼻子	
notable	[ˋnotəbḷ] a. 顯著的；著名的 n. 名人；顯要人物	
notebook	[ˋnotbʊk] n. 筆記型電腦；記事本	
nothing	[ˋnʌθɪŋ] pron. 沒有東西	
notice	[ˋnotɪs] v. 注意	Track 305
November	[noˋvɛmbɚ] n. 十一月	
now	[naʊ] adv. 現在	
number	[ˋnʌmbɚ] n. 數字；號碼	
nurse	[nɝs] n. 護士	
nut	[nʌt] n. 乾果；果仁	

#【O・o】

o' clock	[ə`klɔk] adv. 點鐘		Track 306
oasis	[o`esɪs] n. 綠洲；舒適的地方		
obey	[ə`be] v. 服從；聽從		
oblong	[`ɑbloŋ] a. 長方形的；矩形的 n. 長方形		
obstinate	[`ɑbstənɪt] a. 頑固的；倔強的		
ocean	[`oʃən] n. 海洋		Track 307
October	[ɔk`tobɚ] n. 十月		
of	[əv] prep. ～的		
office	[`ɑfɪs] n. 辦公室		
officer	[`ɔfəsɚ] n. 軍官；高級職員		
often	[`ɔfən] adv. 經常		Track 308
oh	[o] int. 呀！啊！（表示驚訝、恐懼時的聲音）		
oh-oh	[oh•oh] int. 表示警告；害怕的聲音		
ok	[o`keɪ] abbr. 好；不錯		
old	[old] a. 老的；舊的；（年齡）……歲的		
on	[ɔn] prep. 在～之上		Track 309
once	[wʌns] adv. 一次；曾經 conj. 一旦；一經		

one	[wʌn] n. 一	
only	[ˋonli] a. 只有	
oops	[ups] int. 糟了；唉呦	
open	[ˋopən] a. 打開	Track 310
or	[ɚ] suff. 或者	
orange	[ˋɔrɪndʒ] n. 柑橘；橙	
order	[ˋɔrdɚ] n. 點菜；訂購	
ordinary	[ˋɔrdnˏɛrɪ] a. 平凡的	
organ	[ˋɔrgən] n. 器官	Track 311
organization	[ˏɔrgənəˋzeʃən] n. 團體；機構；組織	
other	[ˋʌðɚ] a. 別的	
our	[aʊr] a. 我們的	
ours	[aʊɚz] pron. 我們的東西	
over	[ˋovɚ] prep. 結束	

【P·p】

p.m.	[piˋem] abbr. 下午	Track 312
pack	[pæk] n. 包裝；背包 v. 包裝	

package	[ˋpækɪdʒ] n. 包裹
page	[peɪdʒ] n. 頁
painful	[ˋpenfəl] a. 疼痛的；令人不快的
paint	[peɪnt] n. 油漆 Track 313
pair	[per] n. 一雙
panda	[ˋpændə] n. 熊貓
pants	[pænts] n. 褲子
paper	[ˋpeɪpɚ] n. 紙
park	[pɔrk] n. 公園 Track 314
parking lot	[ˋpɔrkɪŋ lɔt] n. 停車位
parlor	[ˋpɑrlɚ] n. 客廳；會客室
part	[pɔrt] n. 部分
particle	[ˋpɑrtɪkḷ] n. 粒子；微粒
party	[ˋpɔrti] n. 宴會；派對 Track 315
pass	[pæs] v. 投；遞
past	[pæst] a. 以前的 n. 過去；以前 prep. 晚於；在……之後
paste	[pest] n. 麵團；糊狀物 v. 黏貼；張貼
patriot	[ˋpetrɪət] n. 愛國者
pay	[peɪ] v. 付錢 Track 316

PE	[pi`i] n. 體育課	
peach	[pitʃ] n. 桃子	
pen	[pɛn] n. 鋼筆；筆	
pencil	[`pɛnsl̩] n. 鉛筆	
pencil box	[pensəl bɔks] n. 鉛筆盒	Track 317
perfect	[`pɝfɪkt] a. 完美的	
person	[`pɝsən] n. 人	
personal	[`pɝsn̩l] a. 私人的；個人的	
pessimism	[`pɛsəmɪzəm] n. 悲觀；悲觀主義	
photograph	[`fotəˌgræf] n. 照片	Track 318
photographer	[fə`tɑgrəfɚ] n. 攝影師	
piano	[pɪ`æno] n. 鋼琴	
pick	[pɪk] v. 撿；採	
picnic	[`pɪknɪk] n. 野餐	
picture	[`pɪktʃɚ] n. 畫；相片	Track 319
pie	[paɪ] n. 派	
piece	[pis] n. 一個；一塊；一張；片	
pig	[pɪg] n. 豬	
pigeon	[`pɪdʒɪn] n. 鴿子	

pillow	[ˋpɪlo] n. 枕頭	Track 320
pineapple	[ˋpaɪn͵æpḷ] n. 鳳梨	
pink	[pɪŋk] a. 粉紅色的	
pipe	[paɪp] n. 管子；煙斗	
pizza	[ˋpitsə] n. 披薩	
place	[ples] n. 地方；地點	Track 321
plain	[plen] a. 清楚的；簡單的；樸素的	
plan	[plæn] n. 計畫；打算；方案 v. 計畫；策畫	
plane	[pleɪn] n. 飛機	
plant	[plænt] n. 植物；設備；工廠 v. 種植；播種	
play	[ple] v. 玩；比賽	Track 322
player	[ˋpleɚ] n. 比賽者；運動員	
playground	[ˋple͵graʊnd] n. 操場；遊樂場；遊樂園	
please	[pliz] adv. 請 v. 使高興	
pledge	[plɛdʒ] v. 發誓；保證；典當	
pocket	[ˋpɑkɪt] n. 袋子；口袋	Track 323
point	[pɔɪnt] n. 點；重點	
police officer	[pəˋlis ɑfɪsɚ] n. 警官	
policeman	[pəˋlismən] n. 警員	

polite	[pə`laɪt] a. 禮貌的；客氣的
pool	[pul] n. 水塘；游泳池 Track 324
poor	[pʊr] a. 可憐的；貧窮的
popcorn	[pɔpkɔrn] n. 爆米花
post office	[`post ɑfɪs] n. 郵局
postcard	[`postkɔrd] n. 明信片
potato	[pə`teɪto] n. 馬鈴薯 Track 325
practice	[`præktɪs] n. 練習
pray	[pre] v. 祈禱；乞求
president	[`prɛzədənt] n. 總統；主席
pretty	[`prɪtɪ] adv. 漂亮的
prince	[prɪns] n. 王子 Track 326
princess	[`prɪnses] n. 公主
problem	[`prɑbləm] n. 問題
progress	[prə`grɛs] n. 進展 v. 前進；進行
proud	[praʊd] a. 驕傲的
public	[`pʌblɪk] a. 公開的 Track 327
pull	[pʊl] v. 拉
puppy	[`pʌpɪ] n. 小狗

purple	[ˋpɝpəl] a. 紫的
push	[pʊʃ] v. 推；按
put	[pʊt] v. 放

【Q · q】

Track 328

qualify	[ˋkwɑləˏfaɪ] v. 使具有資格
queen	[kwin] n. 皇后
quest	[kwɛst] n. v. 追求；尋找
question	[ˋkwestʃən] n. 問題
quick	[kwɪk] a. 快速的；敏於……
quiet	[ˋkwaɪət] a. 安靜的；寧靜的；平靜的
quiver	[ˋkwɪvɚ] v. 顫動；抖動
quiz	[kwɪz] n. 小考

【R · r】

Track 329

rabbit	[ˋræbɪt] n. 兔子
radio	[ˋreɪdio] n. 收音機
railroad	[ˋreɪlrod] n. 鐵路

rain	[reɪn] n. 下雨；雨	
rainbow	[ˋren͵bo] n. 彩虹	
rainy	[reɪn] n. 下雨的	Track 330
raise	[rez] v. 提高；養育；升起	
rare	[rɛr] a. 罕見的；珍貴的	
rat	[ræt] n. 老鼠	
reach	[ritʃ] v. 到達；伸出；達成	
read	[rid] v. n. 閱讀；讀書	Track 331
ready	[ˋredɪ] a. 準備好的	
real	[ˋriəl] a. 真的	
realize	[ˋrɪə͵laɪz] v. 認識；意識到；實現	
really	[ˋriəli] adv. 真地	
reason	[ˋrizn] n. 原因；理由	Track 332
receive	[rɪˋsiv] v. 接到；收到	
reckless	[ˋrɛklɪs] a. 魯莽的；粗心大意的	
reckon	[ˋrɛkən] v. 認為；估計	
rectangle	[rɛkˋtæŋgl] n. 長方形；矩形	
red	[rɛd] a. 紅色的 n. 紅色	Track 333
refrigerator	[rɪˋfrɪdʒə͵retə] n. 冰箱	

region	[ˋridʒən] n. 地區；地帶；區域	
remember	[rɪˋmembɚ] v. 記得	
repeat	[rɪˋpit] v. 重複	
report	[rɪˋport] n. 報告；報導 v. 報告書；新聞報導	Track 334
republic	[rɪˋpʌblɪk] n. 共和國	
rest	[rest] v. 休息	
restaurant	[ˋrestərɔnt] n. 餐廳	
restroom	[ˋrestrum] n. 廁所	
rice	[raɪs] n. 米；稻子	Track 335
rich	[rɪtʃ] a. 豐富的；富裕的	
ride	[raɪd] v. 搭乘；騎	
right	[raɪt] a. 對的；右邊的	
rise	[raɪz] v. 上升；升起；起立 n. 增加；上升；加薪	
river	[ˋrɪvɚ] n. 河流	Track 336
road	[rod] n. 道路	
rock	[rɑk] n. 岩石；搖滾 v. 搖晃；震動	
roof	[ruf] n. 屋頂；頂部	
room	[rum] n. 房間；空間	

rooster	[ˋrustɚ] n. 公雞	Track 337
root	[rut] n. 根源；起源	
rose	[roz] v. 玫瑰	
ruler	[ˋrulɚ] n. 尺	
run	[rʌn] v. 跑；運轉；經營	
running	[ˋrʌnɪŋ] a. 流動的	

【S · s】

sad	[sæd] a. 悲傷的	Track 338
sail	[seɪl] v. 帆；啟航	
salad	[ˋsæləd] n. 沙拉	
sale	[sel] n. 出售；促銷	
salesman	[ˋseɪlzmən] n. 業務員	
same	[sem] a. 相同的；同一個的	Track 339
sandwich	[ˋsænwɪt] n. 三明治	
sat	[sæt] v. 坐下（sit的過去式及過去分詞）	
satisfactory	[ˏsætɪsˋfæktərɪ] a. 令人滿意的	
Saturday	[ˋsætɚdeɪ] n. 星期六	

save	[seɪv] v. 保存；節省	Track 340
say	[se] v. 說；講	
scarf	[skɑrf] n. 圍巾；披巾	
scatter	[`skætɚ] v. 散開；撒	
school	[skul] n. 學校；學院	
score	[skɔr] v. 分數	Track 341
sea	[si] n. 海；海洋	
seafood	[`sifud] n. 海鮮	
season	[`sizn] n. 季節；時期	
seat	[sit] n. 座位	
second	[`sekənd] n. 第二	Track 342
see	[si] v. 看；看見	
seesaw	[`sisɔ] n. 翹翹板	
seldom	[`seldəm] adv. 幾乎沒有	
sell	[sel] v. 賣	
send	[send] v. 寄	Track 343
senior high school	[sinjɚ` haɪ skul] n. 高中	
September	[sep`tembɚ] n. 九月	

sergeant	[ˋsɑrdʒənt] n. 軍官；警官	
seven	[ˋsevən] n. 七	
seventeen	[sevənˋtin] n. 十七	Track 344
seventy	[ˋsevənti] n. 七十	
shall	[ʃəl] v. 會；應該	
shape	[ʃeɪp] n. 形狀	
share	[ʃer] v. 分享	
she	[ʃi] pron. 她	Track 345
sheep	[ʃip] n. 綿羊	
sheet	[ʃit] n. 床單	
ship	[ʃɪp] n. 船	
shirt	[ʃɝt] n. 襯衫	
shoes	[ʃu] n. 鞋子	Track 346
shop	[ʃɔp] n. 商店	
shopkeeper	[ˋʃɔpkipɚ] n. 店主	
shopping	[ˋʃɑpɪŋ] n. 購物	
short	[ʃɔrt] a. 短的；矮的	
should	[ʃəd] v. 應該（過去式）	Track 347
shoulder	[ˋʃoldɚ] n. 肩膀	

show	[ʃo] v. 表現；展示	
sick	[sɪk] a. 有病的；噁心的；暈的	
side	[saɪd] n. 旁邊	
sidewalk	[ˋsaɪdwɔk] n. 人行道	Track 348
significant	[sɪgˋnɪfəkənt] a. 重要的；有意義的	
simple	[ˋsɪmpl̩] a. 簡單的；單純的	
sincere	[sɪnˋsɪr] a. 真誠的；真實的	
sing	[sɪŋ] v. 唱歌	
singer	[ˋsɪŋɚ] n. 歌手	Track 349
singing	[ˋsɪŋɪŋ] n. 唱歌	
single	[ˋsɪŋgl̩] a. 單一的；單個的	
sink	[sɪŋk] v. 沉下	
sip	[sɪp] v. 啜飲；小口喝	
sir	[sɝ] n. 先生	Track 350
sister	[ˋsɪstɚ] n. 姊姊或妹妹	
six	[sɪks] n. 六	
sixteen	[sɪkˋstin] n. 十六	
sixth	[sɪksθ] num. 第六	
sixty	[ˋsɪksti] n. 六十	Track 351

skeleton	[ˋskɛlətn] n. 骨骼；骨架；綱要	
skirt	[skɝt] n. 裙子	
sky	[skaɪ] n. 天空	
slave	[slev] n. 奴隸	
sleep	[slip] n. 睡覺	Track 352
sleepy	[ˋslipɪ] a. 想睡覺的	
sleeve	[sliv] n. 袖子	
slender	[ˋslɛndɚ] a. 苗條的；修長的	
slice	[slaɪs] n. 薄片；部分 v. 把……切成薄片	
slide	[slaɪd] v. 滑動；下滑	Track 353
slim	[slɪm] a. 苗條的；微小的	
slipper	[ˋslɪpɚ] n. 拖鞋	
slope	[slop] n. 坡度；斜坡	
slow	[slo] a. 慢的；減緩	
small	[smɔl] a. 小的	Track 354
smart	[smɔrt] a. 聰明的	
smell	[smel] v. 聞味道	
smoke	[smok] n. 煙 v. 抽菸	
snack	[snæk] n. 點心	

snow	[sno] n. 雪 v. 下雪	Track 355
so	[so] adv. 所以；如此	
soap	[sop] n. 肥皂	
socks	[sɔk] n. 襪子	
soda	[ˋsodə] n. 蘇打水；汽水	
sofa	[ˋsofə] n. 長沙發	Track 356
soldier	[ˋsoldʒɚ] n. 軍人；士兵	
some	[səm] a. 一些	
somebody	[sʌmbʌdi] pron. 某人	
someone	[ˋsʌmwʌn] pron. 某個人	
something	[ˋsʌmθɪŋ] pron. 某事；某物	Track 357
sometime	[ˋsʌmtaɪm] adv. 有時	
somewhere	[ˋsʌmwer] adv. 某處	
song	[sɔŋ] n. 歌	
sorry	[ˋsɔrɪ] a. 對不起；抱歉	
sound	[saʊnd] v. 聽起來	Track 358
soup	[sup] n. 湯	
south	[saʊθ] n. 南方	
space	[speɪs] n. 空間	

speak	[spik] v. 說	
speech	[spitʃ] n. 演說；演講	Track 359
spell	[spel] v. 拼	
spend	[spend] v. 花費	
spoon	[spun] n. 湯匙	
sports	[spɔrts] a. 運動	
square	[skwer] n. 廣場；四方形	Track 360
stage	[stedʒ] n. 階段；舞台 v. 組織；籌畫	
stand	[stænd] v. 站	
star	[stɔr] n. 星星	
stare	[stɛr] v. 盯著看；凝視 n. 凝視；注視	
start	[stɔrt] v. 開始	Track 361
station	[ˋsteɪʃən] n. 車站	
stay	[steɪ] v. 停留	
steak	[steɪk] n. 牛肉	
stomach	[stʌmək] n. 胃	
store	[stɔr] n. 商店	Track 362
storm	[stɔrm] n. 暴風雨	
story	[ˋstɔrɪ] n. 故事	

strange	[streɪndʒ] a. 奇怪的	
straw	[strɔ] n. 吸管	
street	[strit] n. 街道	Track 363
strength	[strɛŋθ] n. 強度；力量	
strong	[strɔŋ] a. 強壯的	
student	[ˋstudənt] n. 學生	
study	[ˋstʌdɪ] v. 唸書	
stumble	[ˋstʌmbḷ] v. 絆倒；蹣跚 n. 絆倒；錯誤	Track 364
stupid	[ˋstupɪd] a. 愚蠢的	
submit	[səbˋmɪt] v. 提交；服從；主張	
substitute	[ˋsʌbstəˏtjut] v. 代替；替代	
succeed	[səkˋsid] v. 成功	
such	[sʌtʃ] a. 這樣的；如此的	Track 365
sugar	[ˋʃʊgɚ] n. 糖	
summer	[ˋsʌmɚ] n. 夏天	
sun	[sʌn] n. 太陽	
Sunday	[ˋsʌndeɪ] n. 星期天	
sunny	[ˋsʌnɪ] a. 晴朗的	Track 366
supermarket	[ˋsupɚmɔrkɪt] n. 超級市場	

supper (dinner)	[ˋsʌpɚ] n. 晚餐
sure	[ʃʊr] a. 確定的
surprise	[sɚˋpraɪz] v. 使驚奇 n. 驚喜
surprised	[sɚˋpraɪzd] a. 意外的；感到驚訝的 Track 367
sweater	[ˋswetɚ] n. 毛衣
sweet	[swit] a. 甜的；甜美的
swim	[swɪm] v. 游泳
swing	[swɪŋ] v. 搖擺
sympathize	[ˋsɪmpəˏθaɪz] v. 同情；憐憫

【T‧t】

table	[ˋtebḷ] n. 桌子；表格 Track 368
Taiwan	[taɪˋwɔn] n. 台灣
take	[teɪk] v. 拿；帶
tale	[tel] n. 故事；傳說
talk	[tɔk] v. 說
tall	[tɔl] a. 高的 Track 369
tangerine	[ˋtændʒəˏrin] n. 橘子；橘子樹

tank	[tæŋk] n. 坦克；箱；罐	
tape	[teɪp] n. 錄音帶	
tape recorder	[ˋteɪp rɪkɔrdɚ] n. 錄音	
target	[ˋtɑrgɪt] n. 目標；物件；靶子	Track 370
taste	[test] v. 品嘗 n. 味道；味覺	
taxi	[ˋtæksi] n. 計程車	
tea	[ti] n. 茶；茶葉	
teach	[titʃ] v. 教	
teacher	[ˋtitʃɚ] n. 老師	Track 371
team	[tim] n. 隊伍	
teapot	[ˋtipɔt] n. 茶壺	
teenager	[ˋtinˏedʒɚ] n. 青少年	
telephone	[ˋteləfon] n. 電話	
tell	[tel] v. 告訴	Track 372
ten	[ten] n. 十	
tennis	[ˋtenɪs] n. 網球	
tenth	[tenθ] n. 第十	
test	[test] n. 考試	
than	[ðæn] conj. 比	Track 373

thank	[θæŋk] v. 謝謝	
that	[ðæt] n. 那	
the	[ðə] art. 這個	
theater	[ˋθiətɚ] v. 戲院	
their	[ðer] pron. 他們的	Track 374
theirs	[ðerz] pron. 他們的東西	
them	[ðəm] pron. 他們	
these	[ðiz] pron. 這些	
they	[ðeɪ] pron. 他們	
thin	[θɪn] a. 瘦的	Track 375
thing	[θɪŋ] n. 事情；東西	
think	[θɪŋk] v. 想	
third	[θɝd] a. 第三的；第三地	
thirsty	[θɝsti] a. 口渴的	
thirteen	[θɝˋtin] n. 十三	Track 376
thirty	[ˋθɝti] n. 三十	
this	[ðɪs] pron. a. adv. 這	
those	[eəuz] pron. a. 那些	
three	[θri] n. 三	

Thursday	[ˋθɝzdeɪ] n. 星期四	Track 377
ticket	[tɪkɪt] n. 票	
tie	[taɪ] v. 繫；綑綁 n. 領帶；平手	
tiger	[ˋtaɪgɚ] n. 老虎	
till	[tɪl] prep. conj. 直到	
time	[taɪm] n. 時間	Track 378
tired	[taɪrd] a. 疲倦的	
to	[tə] perp. 到	
today	[təˋdeɪ] adv. n. 今天	
tomato	[təˋmeɪto] n. 番茄	
tonight	[təˋnaɪt] n. adv. 今晚	Track 379
too	[tu] adv. 太	
tool	[tul] n. 工具；手段	
tooth	[tuθ] n. 牙齒	
top	[tɑp] a. 最高的；頂端的 n. 頂部	
touch	[tʌtʃ] v. 接觸；碰觸	Track 380
tourist	[ˋtʊrɪst] n. 遊客；觀光客	
towards	[təˋwɔrdz] prep. 朝向；接近	
towel	[taʊəl] n. 毛巾	

town	[taʊn] n. 城鎮	
toy	[tɔɪ] n. 玩具	Track 381
train	[tren] n. 火車；列車 v. 訓練	
train station	[ˋtreɪn steɪʃən] n. 火車站	
trash can	[træʃkæn] n. 垃圾桶	
tree	[tri] n. 樹	
tribute	[ˋtrɪbjut] n. 貢獻；供品	Track 382
truck	[trʌk] n. 卡車	
true	[tru] a. 真實的；真的	
try	[traɪ] v. 嘗試	
T-shirt	[ˋtiʃɜt] n. T恤	
Tuesday	[ˋtuzdeɪ] n. 星期二	Track 383
tummy	[ˋtʌmɪ] n. 肚子	
turn	[tɜn] v. 轉過；旋轉	
twelve	[twelv] n. 十二	
twenty	[ˋtwenti] n. 二十	
two	[tu] n. 二	
typhoon	[taɪˋfun] n. 颱風	

【U · u】

ugly	[ˋʌgli]	a.	醜的	Track 384
umbrella	[ʌmˋbrelə]	n.	雨傘	
under	[ˋʌndɚ]	prep.	在……之下	
understand	[ʌndɚˋstænd]	v.	了解	
underwear	[ˋʌndɚwer]	n.	內衣褲	
unhappy	[ʌnˋhæpɪ]	a.	不快樂的	Track 385
uniform	[junəfɔrm]	n.	制服	
universe	[ˋjunə͵vɝs]	n.	宇宙	
until	[ʌnˋtɪl]	prep. conj.	直到	
up	[ʌp]	adv.	朝上	
us	[əs]	prop.	我們	
use	[juz]	v.	使用	
usually	[ˋjuʒuəl]	a.	通常	

vacation	[veɪˋkeɪʃən]	n.	假期	Track 386
VCR	[visiˋɔr]	n.	錄放影機	

vegetable	[ˋvedʒtəbəl] n. 蔬菜	
very	[ˋverɪ] adv. 非常地	
vest	[vest] n. 背心	
video	[ˋvɪdɪo] n. 錄影的；電視的	
voice	[vɔɪs] n. 聲音	

【W · w】

wait	[wet] v. 等；等待 n. 等候	Track 387
waiter	[ˋweɪtɚ] n. 服務生	
waitress	[ˋweɪtrəs] n. 女服務生	
wake	[weɪk] v. 喚醒	
wall	[wɔl] n. 牆	
want	[wɔnt] v. 想要	Track 388
warm	[wɔrm] a. 溫暖的	
was	[wɔz] v. 是（過去式）	
wash	[wɔʃ] v. 洗	
water	[ˋwɑtɚ] n. 水	
way	[weɪ] n. 方法；道路	Track 389
we	[wi] pron. 我們	

weak	[wik] a. 虛弱的；無力的	
wear	[we] v. 穿	
weather	[ˋweðɚ] n. 天氣	
Wednesday	[wenzdeɪ] n. 星期三	Track 390
week	[wik] n. 星期；週	
weekend	[ˋwikˋɛnd] n. 週末	
weight	[weɪt] n. 重量	
welcome	[ˋwelkəm] v. 歡迎	
well	[wel] adv. 好	Track 391
were	[wɚ] v. 是（過去式）	
west	[west] n. 西方	
what	[wɔt] pron. a. 什麼	
when	[wen] adv. conj. 何時	
where	[wer] adv. conj. 哪裡	Track 392
which	[wɪtʃ] pron. 哪一個	
white	[waɪt] a. 白	
who	[hu] pron. 誰	
whose	[huz] pron. 誰的	
why	[waɪ] adv. 什麼	Track 393

will	[wɪl] v. 將	
win	[wɪn] v. 勝利；贏的	
wind	[wɪnd] n. 風	
window	[wɪndo] n. 窗戶	
windy	[ˋwɪndi] a. 有風的	Track 394
wise	[waɪz] a. 睿智的	
wish	[wɪʃ] v. 願望	
with	[wɪð] prep. 和	
woman	[ˋwʊmən] n. 女性	
women's room	[ˋwɪmɪnzrum] n. 女廁所	Track 395
wood	[wʊd] n. 木材；木頭	
work	[wɝk] n. 工作	
workbook	[ˋwɝkbʊk] n. 練習簿	
would	[wəd] aux. 將要（過去式）	
write	[raɪt] v. 寫	
writer	[ˋraɪtɚ] n. 作家	

#【Y · y】

yeah	[jeə] adv. 是的	Track 396
year	[jɪr] n. 年	
yellow	[ˋjelo] a. 黃色的	
yesterday	[ˋjestɚdeɪ] adv. 昨天	
you	[jʊ] pron. 你	
young	[jʌŋ] a. 年輕的	Track 397
your	[jɚ] pron. 你的	
yucky	[jʌkɪ] a. 噁心的；難吃的	
yummy	[ˋjʌmɪ] a. 美味的	

#【Z · z】

zero	[ˋzɪro] n. 零	Track 398
zipper	[ˋzɪpɚ] n. 拉鍊	
zone	[zon] n. 地區；地帶	
zoo	[zu] n. 動物園	

"閱讀大突破"

現學現用，直覺反應，輕輕鬆鬆唸英文！

前面我們已經學過了自然發音的技巧，也熟悉了很多日常常用的單字，接下來就是檢視實力的時候了！特別運用前面收錄的單字撰寫三篇文章，這裡的單字你一定都會讀！一起試著看字讀音唸唸看吧！說出一口流利又標準的英文一點都不困難！

1 Tom's diary

Yesterday, after jogging in the park near the elementary school, Tom was so hungry. He looked around, and saw a fast food restaurant. He decided to order a hamburger and a cup of soda. The meal was delicious, so he was satisfied. He planned to have dinner with his family here next time. When he walked home, he saw Lily, his neighbor, and they said "Hello." to each other. Tom and Lily chatted for a while, talking about Lily's son, David. David just graduated from the senior high school, he was very excitied for the new life. Tom suggested Lily to take a trip to Japan with David, they could celebrate for the graduation and have a great time. Lily thanked Tom, and said goodbye to him. Tom walked to a store to buy some ice cream for his family. Tom hummed to himself while going home, because he has a beautiful night. After getting home, Tom wanted to plan a trip with his family. He hoped to go to Japan or Korea, enjoying foreign food and scenery. Tom looked forward to the trip with his family.

文法補給站

描述當下發生的事或描述事實的時候，要採用現在式，動詞則視是否為第三人稱單數進行變化。但要描述過去的事情時，動詞就要進行變化，其中又可分為規則動詞變化及不規則動詞變化。

• 現在式 vs 過去式文法結構：

現在式			過去式		
	主詞	動詞（原形）		主詞	動詞（變化）
	S	V		S	Ved
範例	I	walk	範例	I	walked

• 規則動詞變化舉例：

	原形動詞	動詞過去式
原形動詞加 ed	walk	walked
以一個輔音字母結尾的重讀閉音節動詞，須重複輔音字母並加 ed	stop	stopped
	plan	planned
	admit	admitted
	jog	jogged
以不發音的「e」結尾，則需加上「d」	like	liked

• 不規則動詞變化舉例：

原形動詞	動詞過去式
is	was
has	had
find	found
get	got
leave	left

中文翻譯：

昨天，在小學附近的公園慢跑結束後，Tom 感到非常飢餓。他看看四周，然後看見一間速食餐廳。他決定點一個漢堡和一杯汽水。餐點很美味，所以他很滿足。他打算下次要和他的家人一起過來用晚餐。當他走回家時，他看到他的鄰居 Lily，然後他們向彼此說：「哈囉。」Tom 和 Lily 一起聊了一會兒，聊到 Lily 的兒子 David。David 才剛從高中畢業，他很期待新生活。Tom 建議 Lily 可以和 David 去日本旅行，他們可以慶祝 David 的畢業並有一段快樂的時光。Lily 向 Tom 道謝，並說了再見。Tom 走進一間店，為了他的家人買了一些冰淇淋。走回家的路上，Tom 哼著歌，因為他有一個美好的夜晚。等到回家之後，Tom 想要和家人一起計畫一場旅行。他希望去日本或韓國，享受異國美食和風景。Tom 非常期待和家人一起旅行。

2 A monster movie

I watched a movie with Amy last Saturday. The movie was about a monster which wanted to make friends with citizens in the city. At the beginning, the citizens thought the monster was so ugly that they didn't want to talk to it. One day, a little girl left the city and went to the pool near the city. Suddenly, the little girl fell into the pool! The monster was so worried that it jumped into the pool to save the little girl. After rescuing the little girl, the monster wanted to stay away from the city. However, the little girl insisted that the monster should come back to the city with her. The citizens finally welcomed the monster to live in the city. Amy and I cried in the movie theater, we were so happy that the monster made friends at the end.

文法補給站

「so...that...」意指「太……所以……」。so 為副詞，後面應接一個形容詞或副詞，而 that 則之後則要接表示結果的子句。使用方式請見以下範例：

- **I am so sad that I don't want to go out.**

  →我太難過了，所以我不願意出門。

- **I am so tired that I can't work anymore.**

  →我太累了，所以我沒辦法再工作。

中文翻譯：

上個星期六，我和 Amy 一起去看電影。這是一場關於怪物想要和城市裡的市民成為朋友的電影。在一開始，市民們覺得怪物實在太醜了，所以他們不想和怪物說話。有一天，一個小女孩離開城市並前往城市附近的水塘。突然間，小女孩掉入水塘！怪物因為太擔心了，所以牠跳入水塘來拯救小女孩。在拯救小女孩之後，怪物只想遠離城市。然而，小女孩堅持怪物應該和她一起回到城市。市民們終於歡迎怪物在城市裡居住。Amy 和我在電影院裡哭了，我們對怪物在最後交到朋友感到開心。

3 My mom's birthday

Last Monday was my mom's birthday. My mom was so hard-work-ing that I wanted to thank her. I wanted to give her a surprise. I bought a cake with a lot of fruit on it. What's more, I bought a card and draw on it. At the night, while singsing songs for her, I gave her the cake and the card. My mom was so happy that she hugged me tightly. She gave me a big slice of the cake. The cake was so delicious that I asked for another slice. However, my mom refused to give me more slices, because she thought that I shouldn't have too much food at night. I was too sad to talk her, so she decided to give me another slice. I promised it was the last one, and chatted with her. We were very happy last Monday night. I should buy a cake and a card for my dad, too. My dad's birthday is in June, I need to make a plan for it as soon as poosible.

文法補給站

在描述同一段時間的不同行動時，可以使用「when」或「while」，這二者都是表達「當……」的意思，可用於句首或句中。使用方式請見以下範例：

- **I listen to music when I read a book.**
  →當我讀書時，我會聽音樂。
- **While my sister did her homework, I washed the dishes.**
  →當我妹妹寫回家功課時，我在洗碗。

若希望句型多一些變化，也可以省略主詞，若句子中有 be 動詞，亦可省略。但要注意的是，二者的主詞必須相同，且動詞須改為現在分詞。使用方式請見以下範例：

• I hum while I walk to school.

→ I hum while walking to school.

→當我走去學校時，我會哼歌。

這種省略用法不限於「when」和「while」，「after」和「before」亦可使用。使用方式請見以下範例：

• I watch TV after I do my homework.

→ I watch TV after doing my homework.

→我寫完回家功課後，我會看電視。

• Frank had dinner before he went home.

→ Frank had dinner before going home.

→ Frank 在回家前吃了晚餐。

中文翻譯：

上個星期一是我媽媽的生日。我媽媽很認真工作，所以我想謝謝她。我想給她一個驚喜。我買了一個上面有很多水果的蛋糕。而且，我買了一張卡片並在上面畫畫。晚上，當我為她唱歌時，我給她蛋糕和卡片。我媽媽太高興了，所以她緊緊抱住我。她給我一片大蛋糕。蛋糕很好吃，所以我要求另一片，然而，我媽媽拒絕給我更多片，因為她認為我不應該在晚上吃太多食物。我很難過，不想跟她說話，所以她決定給我另一片蛋糕。我保證這是最後一片蛋糕，並和她聊天。上個星期一晚上我們都很開心。我也應該為我爸爸買一個蛋糕和一張卡片。我爸爸的生日在六月，我應該盡快計畫好。

原來如此 系列 E245

自然發音輕鬆學：

看字讀音，聽音辨字的單字不死背的關鍵

看字讀音，聽音辨字，學習單字更快更輕鬆

作　　者　吳佳芬(Laura)
顧　　問　曾文旭
社　　長　王毓芳
編輯統籌　耿文國
主　　編　吳靜宜
執行編輯　黃韻璇、廖婉婷、潘妍潔
美術編輯　王桂芳、張嘉容
法律顧問　北辰著作權事務所　蕭雄淋律師、嚴裕欽律師

初　　版　2021年03月
出　　版　捷徑文化出版事業有限公司
電　　話　（02）2752-5618
傳　　真　（02）2752-5619

定　　價　新台幣300元／港幣100元
產品內容　1書

總 經 銷　采舍國際有限公司
地　　址　235 新北市中和區中山路二段366巷10號3樓
電　　話　（02）8245-8786
傳　　真　（02）8245-8718

港澳地區總經銷　和平圖書有限公司
地　　址　香港柴灣嘉業街12號百樂門大廈17樓
電　　話　（852）2804-6687
傳　　真　（852）2804-6409

▶本書部分圖片由 Shutterstock、freepik 圖庫提供。

捷徑Book站

國家圖書館出版品預行編目資料

自然發音輕鬆學：看字讀音，聽音辨字的
單字不死背的關鍵 / 吳佳芬(Laura)著.
-- 初版. -- 臺北市：捷徑文化, 2021.03
　面；　公分（原來如此：E245）
ISBN 978-986-5507-56-5(平裝)
1. 英語　2. 發音　3. 音標
805.141　　　　　　109022291